Nom de famille : Brunet

CHAPITRE 1

Il était 18 heures lorsque ma petite pendule carillonna avec douceur. Je levai les yeux de mon livre et me préparai à partir. Il était l'heure de fermer la librairie et j'avais rendez-vous avec Maitre Cavanelli, le notaire de mes parents. Je pouvais cependant prendre mon temps pour rassembler mes affaires, l'étude du notaire se trouvait en bas de la rue.

J'eus à peine le temps de dire bonjour à Séverine, la réceptionniste que la porte s'ouvrit sur le notaire à l'air austère. Et pourtant, jamais une impression n'avait été aussi fausse. Le vieil homme m'avait beaucoup soutenue durant l'année écoulée. Pas seulement pour la succession de mes parents, c'est lui qui m'avait aidée et conseillée pour réaliser mon rêve, l'acquisition de la librairie.

- Ma chère Nora, heureux de te voir, tu as l'air en forme.
- Bonjour Alfred. Ca va bien et toi ? Tu voulais me voir ?

Alfred acquiesça et me proposa le fauteuil devant son bureau.

- Je te verse un verre ? Un porto ?
- Il est un peu tôt non ? m'étonnai-je.
- Un peu mais je pense que ça ne te fera pas de mal.

Je commençais sérieusement à me poser des questions. Alfred n'avait pas l'air à l'aise.

- D'accord mais je dois dire que tu commences à m'inquiéter. On dirait que tu vas m'annoncer la fin du monde.

Il tenta de sourire mais donnait plutôt l'impression d'avoir croqué un citron.

- La fin du monde, non… la fin de TON monde, eh bien en fait, c'est l'impression que j'ai aussi.

OK, là, il me faisait vraiment flipper.

- En fait, je t'ai fait venir car lorsque j'ai ouvert le testament de tes parents, je ne t'ai pas tout dit. Un passage m'était destiné, bien que je le savais depuis des années.
- D'accord et ce passage disait quoi ? Si c'est une part de l'héritage, ce n'est pas un problème bien grave. On trouvera bien une solution malgré l'ouverture de la librairie.
- Non non. En fait, c'était un complément qui t'était destiné mais je ne devais te le donner qu'à tes 30 ans.
- Hop hop hop !!! Je te signale que tu es en avance…
- Je sais, me coupa-t' il mais tu ne m'as pas laissé finir ma phrase jeune fille

Je rougis sous la remontrance et m'enfonçai un peu plus dans le fauteuil.

- Donc comme je te le disais, ce complément aurait dû t'être remis lors de tes 30 ans mais certaines circonstances exceptionnelles font que l'on m'a demandé de te les remettre au plus tôt.
- Oh ! D'accord, et de quoi s'agit-il ? Et qui te l'a demandé ? lui demandai-je en me redressant.

Ah oui ! Pour les personnes qui ne me connaissent pas, je dois reconnaitre que j'ai un ou deux petits défauts - qui n'en a pas me direz-vous – et la curiosité en fait partie. Et je dois dire que les déclarations de mon vieil ami l'avaient titillée. Je ne voyais pas en quoi le leg complémentaire pouvait détruire mon monde. Mais Alfred, lui, me connaissait. Il me regardait avec un sourire nostalgique. Je savais qu'il repensait à tous ces après-midis que j'avais passés dans ce même bureau à l'inonder de questions en tout genre.

- En fait, c'est un peu compliqué. Pour ta première question, il est en deux parties : il y a tout d'abord ce miroir, en me désignant un grand miroir en pied qui paraissait très ancien et orné d'une jolie rose en son sommet, ainsi qu'une lettre. Cependant, tu ne pourras pas repartir avec le miroir aujourd'hui. Il faut d'abord que tu prennes connaissance de la lettre. Et non, tu ne peux pas la lire dès maintenant me rétorqua-t-il en me voyant ouvrir la bouche. Si je peux te donner un conseil, rentre chez toi, pose toi tranquillement et lis cette lettre et demain matin, je t'amènerai le miroir chez toi et nous pourrons discuter tranquillement du contenu de cette lettre.
- Tu me fais vraiment peur là. Tu sais ce qu'elle raconte cette lettre ? lui demandai-je d'un petit ton enfantin.
- Oui, je le sais et non, je ne te le dirais pas. Ce n'est pas à moi de t'en parler. Nous en discuterons après.
- D... D'accord, begayé-je. Et ma deuxième question ? Qui t'a demandé de me les remettre aujourd'hui ?
- Je t'expliquerai tout cela demain matin. Et s'il te plaît, attends vraiment d'être chez toi confortablement installée avant d'en prendre connaissance.
- Oui, oui, je te le promets Alfred. Ça a l'air important et tu as toujours été de bon conseil pour moi.
- Et je continuerai ma chérie, me dit-il en se levant. Je te revois demain matin à 8 heures. Je t'amènerai le miroir et les croissants. On pourra discuter de tout cela.

Je me levai dans la foulée et le suivis vers la porte.

- Bien, donc à demain lui dis-je en l'embrassant sur la joue.

Quelques instants plus tard, je me retrouvai sur le trottoir, un peu perdue dans mes pensées.

CHAPITRE 2

J'effectuai le trajet du retour dans une sorte de brouillard émotionnel. La tentation de lire cette lettre était forte mais j'avais promis à Alfred d'attendre. Et le visage de ce dernier avait parlé pour lui. S'il m'avait donné ces conseils, alors, je les suivrais.

Ce ne fut qu'une fois arrivée devant la librairie que je le vis, manquant de peu de lui écraser la queue : un énorme chat angora d'un roux flamboyant était couché, en boule, devant la porte.

- Eh ben mon pépère. A peine avais-je dit ces mots que l'animal ouvrit les yeux et vint se frotter à mes chevilles.

« T'es pas sauvage toi » pensai-je en lui caressant la tête.

J'ouvris la porte et n'eus pas le temps de la franchir que le petit monstre s'est déjà faufilé. J'aperçus un éclair orange dans l'escalier menant à mon studio avant d'éclater de rire. « Je sais que les chats décident eux-mêmes de leur foyer mais quand même… T'es un p'tit con toi » lui dis-je tandis qu'il s'était arrêté au milieu de l'escalier pour me regarder d'un air hautain. Son regard d'un profond vert émeraude semblait me dire qu'il avait décidé de s'installer et que je n'avais pas mon mot à dire.

Je montai à sa suite en soupirant. Au moins, il m'avait distraite et changé les idées durant un moment. Une fois arrivée, n'ayant pas très faim, ce qui m'arrivait relativement souvent, je mis ma bouilloire à chauffer, préparai une soucoupe de lait et lui ouvris une boite de thon. J'espérais qu'il aimait ça étant donné que je n'avais pas prévu d'invité félin, je n'avais rien d'autre à lui proposer. Une fois posés à terre, je me rendis compte qu'il était déjà parti prendre possession des lieux et s'était installé dans mon fauteuil.

- Ah non ! Si tu dois rester avec moi, il va falloir instaurer des règles Monseigneur. Et la première de ces règles dit justement que mon fauteuil, c'est mon fauteuil. Il va falloir te trouver un autre nid douillet. Je te laisse le temps qu'il me faut pour me préparer et ensuite zou, tu descends.

L'animal me regardai comme s'il comprenait ce que je disais et eut même l'audace de me faire un clin d'œil à la fin de ma tirade.

Je finis donc de préparer mon thé à la menthe, très sucré - un autre de mes défauts – et posai ma tasse et une assiette de biscuits aux amandes sur un plateau, pris le temps d'enfiler mon éternel gilet et mes chaussons avant de m'avancer vers mon fauteuil. Monseigneur m'avait bel et bien comprise car lorsqu'il me vit arriver, il s'étira avant de descendre du fauteuil.

- Merci Monseigneur. Par contre, il faut que je te trouve un nom, je ne vais certainement pas continuer à t'appeler Monseigneur. Que penses-tu de Simba ?

Le feulement que j'entendis me donna la réponse. Il me regarda d'un air hautain et c'est quand il leva la tête que j'aperçus son cou arborant un collier tout aussi vert que ses yeux. Je regardai de plus près et vis un médaillon en forme de livre avec un nom gravé : « Leo ».

- Donc tu t'appelles Léo ? OK, c'est noté

Je me pelotonnai dans mon fauteuil et regardai l'enveloppe qu'Alfred m'avait remise. C'est un papier ancien, épais. Toutefois, ce qui m'intrigua était l'emblème dans le coin de l'enveloppe qui ressemblait étrangement au médaillon de Léo. Au centre apparaissaient les mots « Pour Nora » d'une écriture verte que je reconnus immédiatement. C'était celle de ma mère…

J'inspirai un grand coup, sortis la lettre et commençai ma lecture.

Ma princesse,

Si tu lis cette lettre, c'est que malheureusement, je ne suis plus là pour pouvoir en discuter avec toi. Oui, je sais, cela fait terriblement cliché mais je dois prendre mes précautions et t'apprendre la vérité. Ne panique pas d'accord ? Installe-toi confortablement. Je t'imagine dans ton fauteuil, une tasse de thé à la main et Lapinou sur les genoux. Mon Dieu, qu'est-ce que tu pouvais traîner cette chose partout... mais je m'égare. Revenons donc aux choses sérieuses. Depuis que tu as su déchiffrer tes premiers mots, les livres ne t'ont jamais quitté et c'est normal, c'est dans ton sang. Tu m'as souvent demandé comment les auteurs pouvaient inventer autant d'histoires et je te racontais une histoire. Tu t'en souviens ? Eh bien, en fait, ce n'était pas une histoire. Voilà, c'est dit ! Non ma chérie, ne t'inquiètes pas, je n'ai pas perdu la tête. Mais commençons par le commencement.

Comme je te l'ai dit, le Royaume de Libreria existe bel et bien. C'est dans sa capitale, Libreria que ton père et moi avons grandi et nous sommes rencontrés. Ton père devait devenir Insuffleur et moi... et bien je devais succéder à ma mère au poste de Grande Conseillère. On s'est rencontrés lors du bal donné au palais pour la fête nationale, le 21 mars. Mais les responsabilités qui devaient m'incomber m'ont fait peur. Nous étions en train de fonder notre famille et je voulais m'occuper de notre princesse. Ma mère et la Reine l'ont bien compris même si je sais que ça leur a brisé le cœur. Je sais simplement que c'est ma mère qui a conservé le poste. Bien que nous communiquions régulièrement avec la famille et les amis restés à Libreria, c'est un sujet que nous n'abordions jamais.

Je pense malgré tout que tu es en droit de connaître tes origines réelles. Pour cela, il faut que tu fasses connaissance avec ta marraine, Iris, qui est actuellement la Reine du Royaume de Libreria. Pour cela, tu devras utiliser le miroir que Maître Cavanelli t'a remis avec cette lettre et suivre ses instructions. Ne t'inquiètes pas, il est librerian également. Il pourra t'aider. C'est un vieil ami de la famille, tu peux lui faire confiance. Je suis vraiment désolée de ne pas pouvoir te dire toutes ces choses de vive voix mais il est des règles que même moi n'aie le pouvoir de briser. Ma chérie, je te laisse digérer tout ça et te confie aux meilleures personnes possibles : ta marraine et Maître Cavanelli. Je t'aime ma chérie, plus que je ne pourrais jamais te le dire.

Ta maman qui t'aime

Une larme coula sur ma joue sans que je m'en aperçoive. Je repris conscience de la réalité lorsque Léo vint se frotter contre moi pour me réconforter. C'était une mauvaise blague, forcément. Une blague douteuse et très cruelle mais ça ne pouvait pas être autre chose.

Je me souvenais très bien de cette histoire. Ma mère me la racontait le soir quand j'allais se coucher. C'était mon histoire préférée, c'était devenu un jeu entre nous. Je commençais toujours par lui demander « Maman, comment les personnes arrivent à inventer autant d'histoires ? » et ma mère me racontait l'histoire de Libreria, un univers magique où les auteurs vivaient. Les Insuffleurs étaient des muses qui choisissaient des Elus et qui leur inspiraient les livres. La Grande Conseillère était un peu comme le premier Ministre et gérait le pays. Elle se chargeait, avec l'aide des Grands Lecteurs de donner son accord pour les livres que lui proposaient les Insuffleurs.

Et si ce qui était écrit était vrai, sa mère était donc une héritière de sang royal. Mais bien sûûûûûûûr !

Alfred allait entendre parler du pays demain matin. Je n'aurais jamais pensé qu'il soit capable de me faire subir cela. Sans oublier que je lui demanderais pourquoi il lui avait déposé Léo devant la porte. Avec un collier pareil, ce n'était sûrement pas un chat errant et le symbole du médaillon était le même que sur la lettre, ça avait donc un rapport. Bref, j'allais démêler cette histoire entièrement.

Pour le moment, je décidai d'aller me coucher. Léo, bien entendu, me suivit dans la chambre et s'enroula sur l'oreiller à côté de moi.

CHAPITRE 3

Lorsque mon réveil sonna à 7h, j'eus clairement des envies de meurtre, et Léo avait apparemment les mêmes vu le bond qu'il avait fait avant de sauter du lit, le poil hérissé. Mais contrairement à lui, moi, je n'avais dormi que deux heures. Mon cerveau tournait à plein régime pour tenter de démêler cet écheveau. Cette histoire était trop *amazing* pour être vraie mais en même temps, je considérai Alfred comme un membre de ma famille, le dernier qui me resta. Et ce n'était carrément pas dans son caractère. Quant à la lettre, ce n'était pas non plus le style de ma mère. Mais ce n'était qu'une histoire, rien de plus. Grrr ! A peine réveillée, mon cerveau partait déjà en vrille. Et avant même d'avoir bu mon premier café, c'était vraiment mais alors vraiment pas possible.

Je n'avais pas encore mis un pied dans la cuisine lorsqu'un miaulement furieux m'accueillit. Léo me regardai d'un air meurtrier. Son bol de lait était vide et il semblait avoir les mêmes habitudes que moi. Je mis en route la cafetière et lui remplis sa soucoupe. Pendant que le café coula, je sautai sous la douche et m'habillai.

Ce n'est qu'en sortant de la douche, la bonne odeur de café me titillant les narines, que j'émergeai pour de bon. Mais ma bonne humeur fut de courte durée. Je venais tout juste de m'asseoir devant ma tasse brûlante lorsque la sonnette retentit. Je descendis ouvrir la porte à Alfred.

- Bonjour ma chérie, me dit-il d'une voix insupportablement enjouée.
- JE-VEUX-MON-CAFE ! martelai-je en le plantant dans l'entrée.

- Euh, je sais que tu es un véritable zombie avant ton premier café mais... c'est toi qui ronronne comme ça ? me demanda-t-il timidement en entrant dans la cuisine.
- Ah ! Ah ! Presque mais non, c'est Léo. Mais je ne te le présente pas, vous vous connaissez déjà lui répondis-je d'un air sarcastique.
- Léo ? me dit-il d'un air étonné. Désolé mais ça ne me dit rien et depuis quand as-tu un chat ? me demanda-t-il en regardant l'animal couché en boule sur la chaise à côté de moi.
- Depuis hier soir. Ce n'est pas toi qui l'as fait déposer devant chez moi ?
- Ah non, pas du tout. Et puis pourquoi aurais-je fais ça ? Si j'avais voulu t'offrir un chat, je te l'aurais offert directement.
- Mais... son collier ressemble au motif du papier à lettre. Et au passage, j'espère que tu as une explication pour ça aussi. Ta mauvaise plaisanterie m'a valu une quasi nuit blanche...
- Ma... Quoi ? Oula, moi aussi, il va me falloir une explication là. Si on se posait tranquillement pour discuter de tout cela ? Je t'échange un de ces délicieux croissants contre une tasse de café qui embaume toute la librairie.

Nous prîmes donc le temps de savourer notre café - Sainte mère que ça faisait du bien – et les croissants – qui étaient vraiment délicieux.

- Bien. Et maintenant, si tu me montrais cette lettre ? Je sais qui l'a écrite mais les dieux me sont témoins que j'ignore tout de son contenu.

Je me levai en silence et allai récupérer la lettre restée où elle était tombée hier, au pied du fauteuil. Je la lui tendis et me rassis.

Il la lut en silence, me jetant un coup d'œil de temps à autre. Lorsqu'il eut fini, il la reposa et me regarda en soupirant.

- Tu voudrais bien me verser un autre s'il te plait ?

- TU TE FOUS DE MOI, LA, ALFRED ? Tu me refiles cette lettre ahurissante en me faisant croire qu'elle est de ma mère et tout ce que tu trouves à faire, c'est de me demander un café ? explosai-je ?

Je dus faire peur à Léo en criant car il se sauva dans la chambre aussi vite que s'il avait le diable aux trousses.

- Avec une aspirine s'il te plait. Je sens que ça va être plus difficile que ce que j'avais prévu, me rétorqua-t-il calmement.

Je crois que c'est le calme de sa voix qui me calma. Je lui versai donc un café et m'en versai un également. Je profitai de mon passage dans la salle de bain pour récupérer Léo, qui s'était couché dans le lit.

- Je te remercie. Bien, commençons par le commencement. Qu'est ce qui te fait croire qu'il s'agit d'une plaisanterie, qui – je le reconnais – serait bien cruelle ?

- Mais… mais… bégayai-je.

- Mais encore ?

- C'est un conte pour enfants ! Ma mère me racontait cette histoire quand j'étais petite. Mais c'est tout, c'est un conte pour enfants ! dis-je d'une voix un peu perdue.

- D'accord mais pourquoi cela ne serait pas vrai ? Après tout, les contes de Grimm proviennent de légendes et tu sais comme moi que les légendes recèlent souvent une part, même si elle est infime, de vérité.

- Mais alors, Libreria… ?

- Existe bel et bien oui. Je peux te jurer, sur ce que j'ai de plus cher, que tout ce que t'a dit ta mère – car oui, c'est bien ta mère qui te l'a écrite – qu'il s'agit de la vérité.

Une fois de plus, je bloquai. Seuls les ronronnements de Léo – je lui caressais machinalement la tête – rompaient le silence qui s'était installé dans ma cuisine.

- Et donc ma mère serait en quelque sorte une princesse qui s'est échappée ?

Alfred ricana.

- Non, pas vraiment. Le plus simple serait que l'on reprenne la lettre de ta mère et que je t'éclaire point par point.
- D'accord mais avant, réglons le problème de Léo. A l'heure actuelle, c'est la question qui me parait la plus simple.
- En effet. Tu me dis que tu l'as trouvé devant la porte de la librairie quand tu es rentrée hier ?
- Oui, il était couché devant la porte. Je l'avais à peine ouverte qu'il s'est faufilé à l'intérieur et il parait avoir d'ors et déjà accaparé les lieux. Et si je ne me croyais pas déjà folle à l'heure qu'il est, je dirais qu'il comprend ce que je lui dis.
- Alors, avant toute chose, on va mettre les points sur les I. TU N'ES PAS FOLLE ! me martèla-t-il. Ensuite, je pense qu'en effet, Léo a un certain rapport avec Libreria. Quant à savoir lequel exactement, je ne saurais dire. Mais, il faut que tu saches qu'à Libreria, les chats choisissent eux-mêmes leur « maitre » et leur foyer. Et de ce que tu m'as dit et ce que je vois, en effet, Léo t'a choisie.
- Bon, va falloir que je pense à lui acheter des croquettes alors…

Léo me jette un œil noir à ce moment-là et je me dis que non, il ne mangerait pas de croquettes.

- D'accord, j'ai compris. Mais j'espère que tu sais que je n'ai jamais eu d'animal de compagnie et qu'il te faudra être indulgent avec moi ? lui dis-je en le regardant.

Le léger miaulement qu'il émit semblait me répondre « oui oui mais attention, va pas falloir que ça traine en longueur »

- Je crois qu'il va très vite se faire comprendre, rigola Alfred.
- Oui, enfin, il ne va pas me dresser non plus hein. Il va vite comprendre le sens du mot « compromis » assurai-je avec

un petit sourire audacieux. En tout cas, c'est déjà une question de réglée. Passons à la suite, ça ne sera pas aussi simple à mon avis…

- Avant tout, il faut que tu t'ouvres à une réalité que tu ne connais pas et qu'il n'est pas forcément acceptable sur le plan rationnel.
- C'est pour cette raison que tu me disais hier que mon monde allait s'écrouler ?
- S'écrouler non, s'agrandir oui. Par contre, en effet, c'est la fin de ton monde tel que tu le connais et tes certitudes risquent fort d'être mises à mal.

Alfred reprit alors la lettre et recommença sa lecture. Il leva des yeux ébahis vers moi et me demanda :

- Non ? Ne me dis pas que tu as encore Lapinou ?
- Mes joues rosirent tandis que je lui répondis :
- Si je l'ai toujours. Mais c'est le seul point où maman s'est trompé dans ses prédictions. Hier, je n'avais pas Lapinou mais Léo sur les genoux.
- Ta mère aurait sûrement été la meilleure « Grande conseillère » qui nous aurait guidés. Mais par Gutenberg, elle ne savait vraiment pas écrire. Son plus gros défaut était d'écrire comme elle parlait. Elle avait une notion de phrasé toute personnelle, me dit-il avec un sourire indulgent.

« *Comme je te l'ai dit, le Royaume de Libreria existe bel et bien* ».

- Bon, on ne va pas revenir sur ce point. Je pense qu'il est acté.

Je hochai la tête pour lui signifier mon accord. Bien qu'un peu difficile, j'avais accepté ce point.

« *[…] Ton père devait devenir Insuffleur* »

- Tu sais ce qu'est un Insuffleur ?
- Oui, d'après maman – je retiens de justesse le terme « his-

toire » - il s'agit des personnes qui inspirent les auteurs de l'Autre Monde. En fait, ce sont eux les véritables auteurs des livres.

- En effet. Et je vois que tu sais également que le monde où nous vivons toi et moi est appelé Autre Monde à Libreria.
- Oui. D'ailleurs, pourquoi tu as décidé de vivre ici au milieu des humains ?
- Une chose à la fois ma chérie. Tu pourras poser toutes les questions que tu souhaites une fois qu'on aura dégrossi la situation.

« je devais succéder à ma mère au poste de Grande Conseillère »

- Tu dois savoir qu'à Libreria, seuls deux postes sont transmissibles de mère en fille : celui de Reine, qui revient à l'aînée et celui de Grande Conseillère, qui revient à sa cadette. A l'époque, Agathe était Reine et sa sœur Cyrella, ta grand-mère, était Grande Conseillère. C'est ainsi que ta tante Isis devait monter sur le trône à la suite d'Agathe et Christine, ta mère, devait reprendre les rênes de Grande Conseillère. Comme ta mère te l'a dit, c'est bien Cyrella qui est restée au poste de Grande Conseillère. Normalement, les postes sont transmis aux 30 ans des héritières.
- D'où le fameux 30 ans où tu devais me remettre la lettre ?
- Oui.
- Alors, pourquoi…
- Je t'ai dit après les questions. Sinon, on ne va jamais s'en sortir.
- D'accord, dis-je en reprenant ma position d'élève studieuse.

Certes, la nouvelle était de taille mais Alfred avait un véritable don de conteur et j'étais totalement absorbée par l'histoire qu'il me racontait. Tout en tachant de me souvenir que ce n'était pas une histoire mais plutôt MON histoire personnelle, l'histoire de ma famille. J'avais donc besoin de toute ma concentration possible.

« […] *Je pense que tu es en droit de connaitre tes origines réelles. Pour cela, il faut que tu fasses connaissance avec ta marraine, Iris qui est actuellement Sa Majesté La Reine* »

- Donc, la « Iris » dont tu me parles, ma marraine, est Reine ?
- Oui, elle est montée sur le trône le jour de ses 30 ans. Elles n'étaient « que » cousines mais se considéraient comme des sœurs. C'est pour cette raison que ta mère l'a choisie comme Marraine pour t'aider et te guider.

« Pour cela, tu devras utiliser le miroir que Me Cavanelli t'a remis et suivre ses instructions »

- Voilà la réponse pour le miroir. J'ai décidé de te l'amener aujourd'hui pour te laisser le temps de digérer les informations contenues dans la lettre. Il est en bas. J'aurais besoin d'aide pour le monter ici. Je t'expliquerais son fonctionnement tout à l'heure. Tout va bien ? Comment te sens-tu ?
- Franchement ? Je ne sais pas. C'est tellement fou !
- Je comprends. Bien, avant d'attaquer le feu nourri de questions que tu as en tête, si tu nous reversais une petite tasse de café ? me dit-il en arborant un sourire angélique.

J'éclatai de rire avant de nous servir tous les deux.

CHAPITRE 4

Nous bûmes notre café dans un silence de cathédrale. Alfred avait bien compris qu'il me fallait un temps de réflexion pour assimiler la nouvelle. Je me rappelais ma mère me racontant l'histoire de Libreria. Sans savoir si c'était réel ou non, il me semblait maintenant – bah oui, c'est facile quand on sait, me direz-vous – apercevoir une lueur de nostalgie passer dans ses yeux.

Une fois bu, nous descendîmes chercher le miroir. J'en profitai pour accrocher un panonceau pour signaler la fermeture, pour cause d'inventaire, de la librairie.

On l'installa dans le salon, Alfred me déconseillant de l'installer dans ma chambre.

L'excitation commençait à courir dans mes veines. Je brûlais d'impatience d'en savoir plus sur ce monde, son fonctionnement, ses habitants et surtout sur ma mère que je voyais, forcément, d'un œil nouveau. On s'installa tranquillement dans le salon après nous être fait livrer des sandwiches.

- Bon, ça y est, je suis bien installé. Je vois que tu trépignes et tu ne tiens pas en place. Mais je te préviens tout de suite. Je n'aurais peut-être pas toutes les réponses à tes questions. Pour cela, tu devras attendre d'avoir rencontré Iris.
- Très bien. Et justement, on part quand pour rencontrer ma marraine ?

Mettez-vous à ma place. J'avais l'impression d'un conte de fée. Bon, oui, ma marraine n'était pas la bonne fée mais elle était Reine. Je n'allais pas chipoter pour un détail. Et surtout, elle serait en mesure de me raconter pleins d'anecdotes sur leur jeunesse à elle et maman.

- Si ça te dit, on peut aller passer quelques jours là-bas dès demain.
- Quelques jours ? Mais, et la librairie ? Elle démarre à peine, je ne peux pas m'absenter aussi longtemps.

Alfred fit mine de réfléchir. Apparemment, Nora avait délaissé un point important. Mais avec tout ce qu'elle venait d'apprendre, il préférait laisser ce point de côté encore quelques jours.

- Tu pourrais demander à Séverine de te remplacer quelques jours.
- Séverine ? Ta réceptionniste ?
- Oui, elle adore lire. Et vu que je serais avec toi, elle ne croulera pas sous le travail. Elle peut faire tout ce qui est administratif depuis la librairie.
- Oui, pourquoi pas. Elle est au courant pour Libreria ? demandai-je en me sentant, je l'avoue, vexée qu'elle ait pu savoir avant moi.
- Non mais étant donné qu'elle travaille pour moi depuis un certain temps, elle sait – et respecte – qu'un pan de ma vie soit mon jardin secret. Lorsque je fais un séjour à Libreria, je lui dis simplement que je vais me ressourcer chez moi. Elle pense que m'occupe moi-même des billets de train.
- Justement. Pourquoi as-tu décidé de vivre en Autre Monde plutôt qu'à Libreria ?

Il se dandina sur son fauteuil et avait l'air un peu gêné avant de me répondre.

- Après le décès de ton grand-père, ta mère et moi avons développé une certaine relation.
- …

- Non ! Rien de malsain, s'écrit-il en voyant mon air choqué. Je lui servais un peu de substitut au père qu'elle venait de perdre. Lorsqu'elle a décidé de quitter Libreria avec ton père et toi – ajouta-t-il en appuyant sur les derniers mots – elle restait malgré tout de sang royal et la Reine, à la demande de ta grand-mère, a décidé qu'elle avait besoin d'un Protecteur.
- Un protecteur ? répétai-je timidement du fin fond de mon fauteuil où je m'étais recroquevillée, honteuse d'avoir eu de telles pensées.
- Oui. Protecteur est un grade de la Garde Royale libreriane. Et non, ce n'est pas un soldat en armure. Son rôle est, certes, de protéger mais aussi d'aider à l'intégration en Autre Monde.
- Bon et est-ce que tout le monde sait lire dans les pensées à Libreria ou est-ce réservé aux Protecteurs ? maugréai-je.
- Ni l'un ni l'autre, me répondit-il en riant. Je ne lis pas dans tes pensées. C'est simplement que je te connais et j'ai vu l'étincelle dans tes yeux lorsque j'ai parlé de la Garde Royale.
- Mouais, bon… et donc, c'est toi qui as été nommé protecteur de maman ?
- Oui, j'ai été nommé à ma demande. Cela me brisait le cœur que ta mère veuille quitter Libreria mais je ne pouvais pas la quitter, elle. J'ai donc décidé de les suivre et de les aider comme j'ai pu.
- Mais donc… dis-je en faisant mine de réfléchir, je te voyais un peu comme un oncle mais en fait… si tu étais comme un père pour maman, cela fait de toi mon grand-père adoptif. Dis, je peux t'appeler Papy et m'asseoir sur tes genoux ? lui demandai-je d'un sourire taquin.

Ce fut alors à son tour de rougir et de maugréer : « Essayes et tu vas voir la rouste que tu vas prendre ».

- Bon, tant pis, répondis-je en tentant de contenir le rire

qui menaçait d'éclater. Mais… j'ai quand même une question sérieuse à te poser. Tu dis que tu étais comme un père mais physiquement, tu sembles plus avoir l'âge de maman que celui de son père.

- Eh bien, cela fait partie des choses qu'Iris t'expliquera mieux que moi. Mais, sur Libreria, le temps passe différemment sur nous autres librerians. Sans être immortel, notre espérance de vie est bien plus longue que celle des humains et le temps fait moins de ravages sur notre corps.

C'était là une question qui m'interpellait. En y réfléchissant, je n'avais jamais vraiment été malade et malgré mon âge, le temps aurait dû commencer à laisser ses traces sauf que ce n'était pas le cas. Il faudrait que je creuse la question lorsque je rencontrerais ma marraine.

- Et est-ce que j'ai le droit de savoir pourquoi personne ne m'en a parlé avant ?

Et le voilà qui recommençait à se tortiller, clairement mal à l'aise à présent.

- En fait, le Secret – oui oui, on entendait clairement la majuscule tant il met du respect dans ce mot – veut que, vu que tu n'as pas grandi ni était élevée à Libreria, ces informations te soient révélées à la veille de tes trente ans. Et ta mère tenait beaucoup à respecter cette règle. Nous n'étions pas d'accord avec elle mais ce n'était pas à nous de te le révéler et au décès de ta mère, il était délicat de revenir sur sa décision.

- Mais pourquoi maintenant alors ? Je n'aurais trente ans que dans deux ans…

- Euh, alors, je suis désolé de devoir te l'annoncer comme ça, brutalement. Mais en fait, c'est parce que la Grande Conseillère est décédée. Le Secret permet donc qu'on le révèle à son successeur.

- Sa… Mais attend, tu m'as bien dit que la Grande Conseillère qui avait remplacé maman était Cyrella, sa mère ?

- Oui. Je suis désolé ma grande. J'aurais préféré que tu aies un peu de temps pour assimiler tout ça avant de t'en parler.
- Et pourquoi tu parles de successeur ?
- Comme je te l'ai dit, les responsabilités de Reine et de Grande Conseillère se transmettent de mère en fille.
- Et donc, ça serait moi qui devrais devenir Grande Conseillère ?
- Oui.
- D'accord... Euh, mais pourquoi moi ? Je ne connais rien au poste, je ne connais rien à ce monde. Il doit sûrement y avoir quelqu'un de plus compétent que moi ?
- C'est héréditaire ma chérie. Et tu as ça dans le sang. Et de toute façon, tu crois vraiment que je te laisserais partir comme ça ? Ou que ta marraine te lâcherait toute seule dans le grand bain dès le premier jour ?
- Il va falloir me laisser un peu de temps pour réfléchir à tout ce que tu m'as dit. Je t'avouerais que là, le morceau est un peu gros pour être avalé en une bouchée.
- Je comprends. Ecoute, je vais te laisser digérer tout cela et y réfléchir à tête reposée. Je passerais demain matin pour voir si tu veux toujours faire un séjour à Libreria.
- Ah mais dans tous les cas, oui, je le veux. C'est la suite qui me perturbe.
- Ne t'inquiète pas et si tu as des questions, n'hésite pas à m'appeler, même au milieu de la nuit si tu en éprouves le besoin. Je serais là.
- Et au fait, tu ne m'as pas dit comment on y allait.
- Ah ah ah. Je t'expliquerais ça demain. Il est totalement hors de question que je te laisse seule après t'avoir expliqué. Je te

connais trop bien pour ça.

- Oh ! répliquai-je d'un air chagriné. Comment tu me vois franchement.

Après un dernier rire, on se sépara en se donnant rendez-vous le lendemain matin. J'avais plus que ce qu'il me fallait comme matière à réflexion.

CHAPITRE 5

Heureusement pour moi _ et pour Léo _ j'ai mieux dormi que la nuit précédente. Après le départ d'Alfred, je nous avais préparé une rapide assiette de crudités pour moi et une boîte de thon pour Léo. J'avais ensuite passé la soirée à discuter avec lui. Enfin « discuter » est un bien grand mot, je monologuais plus qu'autre chose _ sauf si l'on considère ses *ronrons* comme des réponses. Il faudrait d'ailleurs que je vois avec Alfred si Séverine pourrait le nourrir pendant mon absence. Au final, j'avais encore des milliers de questions à lui poser. Je m'étais malgré tout accorder un temps pour pleurer cette grand-mère que je ne connaissais pas et qui était partie rejoindre ma mère parmi les étoiles. Mais je n'avais pas laissé cet abattement prendre le dessus sur mon esprit. Je m'étais donc vite ressaisie pour réfléchir à la suite.

Je me levai rapidement pour faire couler mon café et prendre ma douche.

Contrairement à la veille, j'accueillis « Oncle » Alfred et Séverine avec le sourire, même si j'étais encore en peignoir.

- Je sais que les voyages sont plus agréables si on est à l'aise dans ses vêtements mais quand même ! me dit Alfred en rigolant.
- Hum... oui, je sais bien. Sauf que j'ignorais quelle tenue serait adaptée à la météo de notre « destination », lui rétorqué-je en appuyant sur ce dernier mot.
- Eh bien, la météo est la même qu'ici.
- Bon, dans ce cas, je file m'habiller. Je vous laisse, il y a du café dans la cuisine. Alfred sait où tout se trouve.

Une fois habillée de mon uniforme quotidien _ jeans, baskets _ je les rejoignis dans la cuisine.

- Bien, suis-je plus présentable maintenant ?
- Oui, légèrement, me réponds Alfred en ricanant.

Il n'avait jamais été très fan de mes tenues.

- Oh… n'écoute pas ce vieux ronchon. Tu es très bien. Viens boire un café et comme ça, tu m'expliqueras ce que j'ai besoin de savoir pour la librairie.
- Merci Séverine. Je pense que tu connais la librairie et pour les quelques habitués qui viendront retirer une commande, tout est inscrit dans l'ordinateur. Par contre, est ce que tu pourrais nourrir Léo ? Il faudrait lui acheter de la pâtée.
- Mais pourquoi ? nous interrompis Alfred. Il vient avec nous.

A ces mots, Léo me sauta sur les genoux pour me signifier qu'en effet, il m'accompagnait et qu'une fois de plus, je n'avais pas mon mot à dire.

- D'accord. Bon, et puisque je n'ai pas droit à la parole, quelle est la suite du programme ?
- Eh bien, je propose que tu donnes les clés à Séverine et que nous la laissions profiter tranquillement de la fin de son week-end. Ne t'inquiète pas, ajoute-t-il précipitamment en me voyant sur le point de laisser échapper une question gênante.
- Ah… euh… oui, bien sûr.

J'étais un peu perdue et le stress commençait à envahir mes veines.

Ainsi, après avoir montré à Séverine les deux ou trois choses qu'elle devait savoir, elle nous laissa tous les deux, non sans nous avoir souhaité de bonnes vacances.

Vacances, vacances, c'est vite dit. Maintenant que je suis à deux doigts _ et même carrément à deux pas d'après ce que j'avais compris _ de découvrir un nouveau monde, MON nouveau monde, je sentais que je devenais limite verdâtre.

- Bien, nous allons pouvoir y aller, me dit Alfred.
- Ou… oui, bégayai-je.
- Allons, ne t'en fais pas. Tu t'apercevras vite que Libreria ressemble sur beaucoup de points à Autre Monde.

Nous nous dirigeâmes tous deux vers le salon pour retrouver le miroir. Il m'expliqua alors que le miroir, lorsqu'il était activé _ seuls les librerians peuvent l'activer _ le miroir devenait un passage. Il me rassura en me disant que nous arriverions dans le bureau d'Iris. Sans pouvoir me l'expliquer, cela me rassurait que nous arrivions directement chez ma marraine plutôt que n'importe où. J'avais posé très peu de questions à Alfred quant à Libreria.

C'est en l'entendant me rappeler à l'ordre que je sursautai. Il avait vu mon esprit vagabonder.

- Concentre-toi un peu petite ! Ce n'est pas compliqué mais ça serait mieux si tu m'écoutais.
- Oui, bien sûr, marmonnai-je.

Il me montra la rose gravée sous l'inscription « Scientae ianuam »

- Oncle Alfred…

Je le vis sourciller à ce surnom mais il dut la préférer à papy car il ne releva pas.

- Mon latin est un peu rouillé. Que veut dire l'inscription au-dessus de la rose ?
- « Scientae ianuam » ? La porte du savoir.

Je regardai la rose de plus prés. C'était vraiment du très beau travail. C'est alors que je remarquai un bouton au cœur de la rose.

- Est-ce que c'est … ?

- Oui, c'est le bouton pour ouvrir le passage.

Lorsqu'il parle de passage, je m'imaginai la voie 9 ¾ d'Harry Potter. Au moins, je n'avais pas l'air ridicule à devoir demander de l'aide à des moldus.

- Euh Oncle Alfred, avant de partir, j'aurais une ou deux petites questions.
- Je t'écoute.
- Tu m'as dit que la fête nationale était le 21 mars. Mais ça représente quoi comme date ?

Eh ! On est férue d'histoire ou on ne l'est pas. Moi, je l'étais.

- C'est simple, me répondit-il. Comme tu le sais, le 21 mars est le jour du printemps. C'est le début de la renaissance de toute chose après le froid et la torpeur de l'hiver. Libreria célèbre ce retour à la vie et à la lumière.
- Et ma dernière _ mais non des moindres, pensais-je in petto _ concerne mes ailes. Elles vont arriver quand et comment ?

Et là… je vis Alfred me regarder avec des yeux ronds comme des billes, s'asseoir par terre et éclater de rire. Mais d'un rire, comme je ne l'ai jamais vu rire, qui semblait ne jamais vouloir s'arrêter.

- Mais… m… ma, tentai-je de bégayer.

Plus j'ouvrais la bouche pour parler et plus le rire d'Alfred redoublait.

Vexée comme un pou et rouge comme une pivoine, je me relevai, attrapai Léo dans mes bras et décidai de faire cette traversée seule.

Au moment où j'appuyai sur le bouton de rose, un léger scintillement apparut au-dessus du miroir. Les lettres de l'inscription semblaient dorées à l'or fin. C'est à ce moment-là que le miroir entier se mis à onduler _ vous savez, comme le bitume lorsqu'il fait trop chaud.

Je pris alors mon courage à deux mains et fis un premier pas dans ma nouvelle vie.

CHAPITRE 6

Ce n'était pas un passage au final. J'aurais plutôt dit que c'était une porte ouverte par laquelle on passait d'une pièce à l'autre. Je comprends mieux pourquoi Alfred m'avait déconseillé la chambre pour le miroir.

Ca y est ! J'étais enfin à Libreria. Je n'eus même pas le temps d'apercevoir le bureau qu'une tornade brune me sauta au cou.

- Noraaaaaa, me hurla-t-elle dans les oreilles tant et si bien que Léo se sauva en sautant de mes bras.
- Catherine ! Mais laisse-la au moins arriver la pauvre.

La voix était douce, avec une pointe de tendresse. Je me figeai en l'entendant.

La dénommée Catherine recula d'un pas et c'est alors que je l'aperçus. Ma marraine. La marraine qui avait la même voix que ma mère. Mais je me rendis vite compte en l'observant que c'est le seul point commun qu'elles avaient.

Par contre, son visage me semblait familier. C'est alors que je me tournai vers ma tornade brune.

- Cat !!! Mais qu'est-ce que tu fous là ?
- On va tout t'expliquer Nora, me dit ma tante, mais avant, Alfred n'est pas avec toi ? me demanda-t-elle d'un air inquiet.
- Je suis là Votre Altesse. Veuillez excuser mon retard.
- Oncle Alfred ! Je t'ai déjà dit de m'appeler Iris.
- Oui, oui… marmonna-t-il. Mais laisse-moi te dire avant

toute chose que ta filleule vient de m'offrir le plus gros fou rire de toute ma vie et qu'il faut lui faire rencontrer Alexiane de Lys ([ii]) très très vite.

Oh le traître ! Il était encore en train de se moquer.

Iris me regarda d'un air étonné en disant : « il va falloir que tu me racontes ça. Alfred qui a un fou rire, c'est à marquer d'une pierre blanche. Mais venez-donc, on ne va pas passer la journée près du miroir. Le petit déjeuner ne doit pas être totalement débarrassé en bas. »

- Ça m'étonnerait, ricana Catherine. Eric n'était pas encore levé quand je suis montée.
- Ne te moque pas ma puce. Il me semble me souvenir d'une jeune fille que l'on voyait rarement avant midi et encore moins le week-end, lui dit affectueusement Iris.

Je jeta un œil à Catherine qui me répondit avec un clin d'œil.

Et, en effet, si je ne me trompais pas, à l'âge du fameux Eric, on se levait rarement avant midi.

Encore un point à éclaircir rapidement. J'allais décidément de surprise en surprise et je sentais que ce n'était pas fini.

Après avoir descendu un nombre astronomique de marches, on arriva enfin devant une double porte. Je restai ébahie devant la salle à manger de mes rêves. Tout le mobilier avait l'air d'être en chêne massif, tout comme les poutres au plafond qui encadraient des lustres tout droit sortis de contes de fée.

- Si on te perd déjà avec la salle à manger, qu'est-ce que ce sera avec la bibliothèque me sourit Cat qui avait remarqué les étoiles dans mes yeux.
- C'est dingue comme on dirait que tu me connais bien, lui répondis-je d'un air ironique.

Elle eut au moins la décence de rougir et de paraître mal à l'aise.

- Je te ferais visiter le manoir tout à l'heure. Et on se fait une soirée pyjama ce soir. Sauf si tu préféres avoir ta propre chambre… hésita-t-elle.
- Et renoncer au plaisir de te massacrer à coup d'oreiller ? Non non, tu n'arriveras pas à me perdre dans ce labyrinthe.

« Je peux t'aider si tu veux à la massacrer à coup d'oreiller » entendis-je derrière moi.

- Toi, ne t'approches pas de ma chambre ! rétorqua Cat en regardant dans mon dos.
- Tu dois être le fameux Eric ? lui demandai-je en me retournant.
- « Fameux » ? Mmmh, ça me plait ça. Oui, c'est moi, et tout ce que tu as entendu dire sur moi est vrai également.

Cat et moi éclatâmes de rire.

- Euh, désolée Don Juan, la seule chose que j'ai entendu dire, c'est que tu dormais comme une marmotte en plein hiver.
- Grumphhhh, marmonna-t-il avant d'aller s'asseoir devant une table remplie de victuailles qui firent gronder mon estomac.
- Je crois que ton estomac réclame à manger, me dit Cat avant d'aller s'asseoir à son tour.

Nous nous attablâmes devant le plus pantagruélique petit déjeuner que j'ai jamais vu.

- Bien, maintenant que tu es arrivée et que tu connais l'existence de Libreria, je suppose que tu as des questions, me dit ma tante.

J'entendis ricaner à côté de moi.

- Alors Oncle Alfred, on va mettre les choses au point. Continue de te moquer et je te promets que je t'appelle papy !
- Mais… bafouilla-t-il.

- Et peut-être même papinouchet, lui rétorquai-je avec un sourire diabolique.
- Grumphhhh !

Ayant mis les choses au clair avec lui, je me tournai vers Cat.

- Toi ! dis-je en la désignant de l'index.
- C'est pas beau de montrer du doigt, me rétorqua-t-elle en se renfonçant malgré tout dans son fauteuil.
- Oui, oui, change de sujet tiens. Tu m'expliques ?

Parce qu'il faut quand même que je vous dise. Cat, je la connais et je la connais même très bien. On avait fait connaissance en fac de lettres. Je pensais qu'on était amies – c'était même ma seule amie. Après la fac, on a gardé le contact même si l'on ne se voyait presque plus. Et l'année dernière, elle était présente avec sa mère et sa grand-mère à l'enterrement de mes parents. On s'était revues et depuis, c'était une de mes plus fidèles clientes à la librairie.

- Je ne savais pas qui tu étais lorsque je suis arrivée en fac. J'avais choisi, bien évidemment, de faire un cursus de lettres et j'avais décidé de le faire en Autre Monde pour en avoir un aperçu et faire passerelle avec Libreria. Je suis allée à celle de Nice parce qu'il y avait Alfred à proximité. Quand on s'est rencontrées et que tu m'as dit ton nom, j'ai tilté. J'en ai discuté avec Mère et Alfred qui m'ont tout raconté. Je ne pouvais rien te dire, je n'en avais pas le droit ! J'ai essayé de faire fléchir ta mère – elle avait bien compris qui j'étais dès le départ – mais elle a toujours refusé.
- C'est pour ça que vous étiez présentes à l'enterrement.
- Oui, c'est pour cela, me répondit-elle en voyant mon air attristé.

Pour la première fois depuis le début de cette histoire, je me sentais trahie. Trahie et seule. Ils savaient tous et s'étaient bien moqués de moi.

- Nora...
- Non, excusez-moi mais il va me falloir un peu de temps pour avaler tout ça. Vous étiez tous au courant. Ah ça, vous deviez bien rire.
- Non, pas du tout, tenta de s'expliquer ma marraine. On a tenté de convaincre ta mère.
- Parlons-en de ma mère tiens ! Pourquoi refusait-elle de m'en parler ? De me parler de mes origines ? Hormis mes parents, je n'ai jamais connu personne de ma famille. Et mes grands-parents ? Alfred a eu la « gentillesse » de m'annoncer le décès de ma grand-mère mais et les autres ? Mes grands-parents paternels ? Papa me disait toujours qu'ils lui en voulaient et qu'ils l'avaient renié. C'est vrai ou est-ce que c'est juste parce qu'ils risquaient de me parler ?

Sur ces derniers mots, que j'avais hurlés plus qu'autre chose, je me levais et comme je me trouvais dans un château totalement inconnu, je m'avançais vers la fenêtre qui avait l'air de donner sur une terrasse et m'y rendis. J'avais besoin de prendre l'air, besoin de laisser couler mes larmes pour extérioriser toute la tristesse qui s'était accumulée en moi en si peu de temps.

Après avoir pleuré pendant un bon moment, je décidais de me lever et de m'approcher de la rambarde. Après tout, si j'étais venue ici, c'était pour découvrir ce monde, mon monde.

J'en restai sans voix. Le soleil était déjà haut dans le ciel et ce qu'il éclairait était juste magnifique.

Au pied du château se trouvait une très belle place de style provençal qui semblait l'entourer. On sentait que c'était le cœur de la cité. De là partaient des routes qui menaient à ce qui ressemblaient à des quartiers. Au-delà se trouvait une forêt luxuriante. Il y avait des arbres à perte de vue. J'étais enfin chez moi. Je le sentais au fond de mon cœur. Je n'avais jamais eu le sentiment d'être chez moi nulle part, hormis peut-être à la librairie. Mais ici, le sentiment de bien-être était présent dans toutes les fibres de mon âme.

Après un temps indéfini, j'entendis du bruit dans mon dos.

Je me retournai pour faire face aux personnes qui m'avaient rejointe dans cette bulle de paradis.

- Ma chérie
- Non, tante Iris, contrai-je en levant la main. Je vous dois des excuses à tous les trois. Je suis désolée de m'en être prise à vous. Vous ne le méritiez pas.
- Ma chérie, me stoppa Alfred. Tu n'as pas besoin de t'excuser. Ta réaction était normale. Avant de répondre à tes questions, nous voulons t'assurer que nous serons là pour toi.
- En effet, nous serons là, m'assura Cat. Je connais quelqu'un qui sera là aussi et qui voulait te le démontrer.

C'est alors que Léo me sauta dans les bras tandis que je remarquai sa copie conforme, toute blanche, dans les bras d'Iris.

- Ca alors, tu connais Léo ?
- Oui, c'est un des petits à Duchesse ([iii]), me dit-elle en me montrant la chatte blanche.
- DES petits ? Il a des frères et sœurs ?
- Oui, son frère Lucifer ([iiii]), qui ne doit pas être loin, m'a adoptée et Dinah ([iv]) a adopté Eric. Regarde, elle vient de le rejoindre.

En effet, j'aperçus une petite chatte tigrée qui tourne autour des pieds d'Eric. Elle fut rapidement rejointe par un chat aussi noir que du charbon. Léo et Duchesse nous quittèrent pour aller, eux aussi, se sustenter.

- Vous, je sais pas mais moi, j'ai besoin d'un café de toute urgence, nous lança Cat en rejoignant les félins.

Pendant qu'Alfred la suivit, je constatai qu'Iris restait en arrière.

- Ma chérie, laisse-moi parler avant de dire quoique ce soit.

Tu nous as présenté tes excuses, c'est maintenant à mon tour de te présenter les miennes. Je ne sais pas si tu es au courant mais tes parents m'avaient demandé d'être ta marraine. Je reconnais que je me suis bien mal acquitté de ma tâche. Je ne peux pas revenir en arrière mais je te promets qu'à compter d'aujourd'hui, je serais toujours là pour toi.

- Merci marraine.

Voyant une larme perler au coin de son œil et sentant la même chose sur mes propres yeux, je m'empressai d'ajouter :

- Bon, et si nous rejoignions cette bande de goinfres ? Au rythme où ils engloutissent tout ce qui leur passe sous la main, il ne nous restera même pas une tasse de café.
- En effet, me dit-elle en riant. Et comme je suppose que tu es comme Cat, tu vas me réclamer ton café de toute urgence.
- C'est exactement ça, éclatai-je de rire en l'accompagnant à l'intérieur.

CHAPITRE 7

Après avoir pris un petit-déjeuner gigantesque ponctué d'éclats de rire – en particulier au moment où Alfred leur avait raconté ma dernière question concernant Libreria – nous montâmes dans le bureau d'Iris. Heureusement, ce n'était pas son bureau personnel mais son cabinet de travail. Après tout ce que j'avais avalé, jamais je n'aurais pu grimper autant de marches.

- Bien, maintenant que nous avons bien mangé et que nous sommes installés convenablement, on peut entrer dans le vif du sujet. Nous répondrons à toutes tes questions, me dit ma marraine.

En me voyant rougir, elle ajoute rapidement :

- Quand je dis toutes tes questions, je te promets que nous répondrons à toutes tes questions. Et sans se moquer, dit-elle en fusillant Alfred du regard.

Même si tout le monde avait ri lorsqu'il avait raconté l'anecdote des ailes, ma marraine avait bien compris que j'appréhendais de poser des questions. De peur d'être ridicule ou de peur d'obtenir des réponses, je n'aurais su le dire.

- Merci Marraine. Ce n'est pas facile d'en choisir une parmi le million de questions qui me passent par la tête.
- On va y répondre l'une après l'autre et si nous n'avons pas fini ce soir, on continuera demain.
- D'accord, répondis-je en souriant. Si nous commencions donc par les racines. Je suis au courant que mes grands-parents maternels sont décédés. Et mes grands-parents pater-

nels ?

- Ils sont toujours en vie. Ton père t'a dit la vérité quand il te disait qu'ils étaient en froid et qu'ils l'avaient renié.
- Mais, pourquoi ?
- Ils étaient contre le mariage de tes parents. Ils accusaient ta mère d'avoir ruiné la vie et surtout la carrière de Philippe.
- Comment ça ?
- Pour simplifier les choses, tu dois savoir qu'en Libreria, ce sont les femmes qui ont le pouvoir. Les Insuffleurs sont des hommes mais ce sont les femmes qui possèdent la magie. C'est pour cette raison que c'est une Reine et non un Roi qui dirige le pays. Il en est de même pour la Grande Conseillère.
- Mais pourquoi aurait-elle ruiné sa carrière ?

Je revois mon père qui était directeur dans l'école où ma mère enseignait, la même que celle où j'avais fait mon parcours de maternelle et de primaire. Et jamais je n'avais vu mon père malheureux, et il ne m'avait donné l'impression de regretter son choix de carrière.

- Elle ne l'a pas fait. Mais en épousant ta mère, ton père savait qu'il ne pourrait pas devenir Insuffleur. Il savait qu'il aurait été comme un prince consort. Il le savait et s'en fichait. Il aimait ta mère et ne considérait pas cela comme un déshonneur. Mais Esther, ta grand-mère, l'a très mal pris. Ils ont eu une terrible dispute. Quand tes parents ont annoncé que ta mère refusait le poste de Grande Conseillère et qu'ils partaient vivre en Autre Monde, ça a été dramatique. Tes grands parents ont renié publiquement ton père et n'ont jamais changé d'avis.
- Est-ce qu'ils savent qu'il est décédé ? Je sais que grand-mère Cyrella, Cat et toi étiez à l'enterrement mais, eux, y étaient-ils aussi ?
- Ils le savent, j'ai moi-même été leur annoncer.

- Et ?
- Ils ne m'ont pas claqué la porte au nez par respect pour mon statut de Reine. Mais ils m'ont bien signifié qu'ils n'avaient pas de fils et qu'ils n'avaient rien à faire de ce que je pouvais leur dire. Je suis désolée ma puce.
- Ce n'est rien, ne t'inquiète pas. Tu m'as épargné une visite qui aurait été désagréable pour tout le monde. Je connaissais mes parents et je peux te dire qu'ils ont été heureux de leurs vies et qu'ils étaient aimés par leurs proches. Les personnes qui ne les aimaient pas ne méritent pas que je perde mon temps et mon attention avec elles.

La question qui me vient ensuite est peut être celle qui m'effraie le plus. Enfin, ce n'est pas tant la question que la réponse qui me fait peur.

- Tu connais ma prochaine question Marraine.
- Pourquoi ?
- C'est cela. Vous m'avez tous répété que vous ne pouviez pas m'en parler. Maman elle-même, dans sa lettre, m'a dit qu'elle ne pouvait pas m'en parler avant. Pourquoi ?
- En effet. Mais pour pouvoir te l'expliquer, je vais devoir te raconter l'histoire de notre famille, tout au moins la famille proche. Rassure-toi, je te laisse la découverte généalogique pour plus tard. Mais avant, je veux t'assurer d'une chose, c'est que ta mère n'a toujours souhaité que deux choses : ton bonheur et ta sécurité.
- Qu'essayes-tu de me dire ?
- C'est pour cette raison que ta mère refusait de t'en parler, parce qu'elle craignait pour ta sécurité. C'est pour cela d'ailleurs qu'elle a fait ce qu'elle a fait et qu'elle a choisi la vie qu'ils ont vécu, elle et ton père.
- Je ne comprends pas. Pourquoi avaient-ils aussi peur pour ma sécurité ? Qui me menaçait ?

Ma tante me fit passer une feuille jaunie par le temps. En la regardant, je me rendis compte qu'il s'agissait d'un arbre généalogique. Ma grand-mère et la grand-mère de Cat en étaient les racines.

- Je ne savais pas que tu avais une sœur Marraine. J'ai toujours entendu maman parler de vos péripéties de jeunesse mais elle ne m'a jamais parlé de… Regina, dis-je en regardant l'arbre.
- C'est normal… Le danger qui te menaçait, c'est elle, Regina, me répondit Iris en frissonnant lorsqu'elle prononça le nom de sa sœur.
- Je ne comprends pas. Pourquoi ? Comment ?
- C'est une longue histoire, soupira-t-elle, alors installe toi correctement. Maintenant que tu es de retour à Libreria, il est temps de te la raconter et de te mettre en garde.

Je m'installai confortablement dans le fauteuil, les jambes repliées sur moi-même, avec Léo sur les genoux. Autant Alfred m'avait fait peur avec son ton sévère lorsque toute cette histoire avait commencé, autant, là, Marraine me faisait de la peine car je voyais bien qu'elle souffrait de devoir me raconter l'histoire. Et Cat n'était pas à l'aise non plus dans son fauteuil.

CHAPITRE 8

- En fait, Regina a toujours représenté un problème pour notre famille. Tu sais, certaines personnes ont la méchanceté ancrée en eux. C'est son cas. Elle n'a toujours fait que ce qu'elle voulait. Et ce qu'elle voulait, c'était bien souvent blesser les autres. Lorsqu'elle était petite, c'était avec des paroles. Et bien que je la soupçonne d'avoir fait du mal à ma petite chienne Chipie, je n'ai aucune preuve. Bref, à cette époque, elle se contentait de faire du mal en paroles. Elle s'arrangeait pour monter les personnes les unes contre les autres, soit en racontant des mensonges, soit en divulguant des secrets. Ne me demande pas comment, on ne l'a jamais découvert, mais elle se débrouillait toujours pour connaitre les petits secrets inavouables de tous. Malheureusement, plus le temps passait, plus elle devenait mauvaise. Chaque réunion de famille virait au cauchemar. Le point culminant, si je puis dire, a été le jour de l'enterrement de notre père. En tant que Prince consort de la Reine, il avait, bien évidemment, droit aux funérailles royales. Tout le pays était présent, soit dans l'église pour les familles importantes, soit devant les télévisions. Des écrans avaient installés sur le parvis pour que la foule qui avait fait le déplacement puisse voir la cérémonie. Cette petite garce a fait exprès d'arriver la dernière, juste avant le début de la cérémonie.

Je vis à ce moment-là combien elle souffrait. Je profitai de cet instant pour lui verser un verre d'eau que les serviteurs avaient amené durant son récit.

- Merci ma chérie. J'adorais mon père, comme toutes les

petites filles j'imagine. C'était un homme foncièrement bon, même envers Regina. Il essayait toujours de la raisonner et finissait à chaque fois par lui pardonner. Pour en revenir à mon récit, comme je te disais, elle est arrivée en dernier, et au bras de mon petit-ami de l'époque, Mickaël. Oh, ne t'en fais pas, je ne lui en veux pas. Le pauvre, il s'était fait embobiner comme tant d'autres avant lui. Mais elle voulait me blesser. Etant l'aînée, j'étais amenée à succéder à ma mère et ça, elle ne le supportait pas. J'étais tellement assommée par le décès de mon père que je m'en fichais. Mais ça ne lui suffisait pas. Alors, elle a attendu la fin de la cérémonie, et au sortir de l'église, elle s'est dirigée vers les caméras. Christine a tenté de la stopper mais elle ne voulait pas créer d'esclandre devant tout le monde. Regina a donc donné un entretien à un petit paparazzi de pacotille. Mais au vu de sa déclaration, tous les journalistes présents se sont rués vers elle. Ayant obtenu l'attention qu'elle voulait, elle a déclaré qu'elle n'était venue aux obsèques que par convention, que la famille l'avait toujours tenue à l'écart et qu'étant donné qu'elle avait toujours été considérée comme la bête noire de la famille, elle avait pris la décision – douloureuse d'après elle – de renier sa famille ainsi que son nom. Son nom ne serait désormais plus Elisabeth Brunet, son nom de baptême, mais Regina Blaqueri. Bien entendu, tout le monde était sous le choc. J'ai alors vu ma mère blanchir, s'avancer vers elle et lui administrer la plus magistrale gifle que j'ai jamais vue, le tout sans lui adresser la parole. Elle est ensuite revenue vers moi et nous n'avons plus eu de nouvelles durant près d'une décennie. Son retour ne s'est malheureusement pas mieux passé que son départ. En 10 ans, elle n'avait pas changé. Enfin si, elle avait changé mais pas en mieux. Son aura était plus noire que jamais. Tu dois savoir que nos pouvoirs s'éveillent à notre arrivée au pouvoir. Je sais, ça va te faire poser des milliers de questions supplémentaires.

Sauf qu'à ce moment-là, j'étais tellement captivée par son récit que je n'aurais jamais osé l'interrompre pour lui poser une question. Le temps que l'idée fasse son chemin, j'avais déjà pris la décision de la laisser raconter son histoire d'un trait. On aurait bien assez le temps par la suite pour poser toutes les questions imaginables. « *Hein ? Quoi ? Des pouvoirs ? Non mais attends, c'est important* », entendis-je une petite voix dans ma tête. Oh bah oui, parce que vous, vous n'avez pas de petite voix dans votre tête peut-être ? Qui a dit que j'étais parfaite ? Je secouais la tête pour me remettre les idées en place, faire taire ma petite voix et me concentrer sur ma tante qui avait repris la parole.

- Sauf que Regina n'avait pas attendu pour obtenir ses pouvoirs. Elle avait été formée par un obscur mage noir. Ses pouvoirs étaient immenses et moi, je n'avais pas encore reçu le mien. Mais dès lors que ma mère l'a vu entrer dans la pièce, elle a créé une bulle protectrice autour de nous. Regina a éclaté d'un rire que l'on sentait sournois et maléfique. « *Eh bien Agathe, tu as encore de beaux restes à ce que je vois. Mais ça ne suffira pas cette fois pour protéger ta petite bâtarde. Ne me regarde pas comme ça. Je sais tout. Tu as toujours fermé les yeux sur notre père mais tout le monde savait que dès que tu avais le dos tourné, il allait se consoler avec ta sœur. Iris n'est pas ta fille mais celle de Cyrella. Ce n'est donc pas à elle d'être sur le trône mais à moi. C'est à moi de régner* ». Je ne me souviens pas avoir vu ma mère dans une colère pareille. Bien entendu, tout le monde savait que c'était le plus gros mensonge que Regina ait jamais inventé. Mais elle savait que, même en sachant que c'était un mensonge, celui-ci blesserait notre mère et moi par la même occasion. Ce qu'elle ignorait en revanche, c'est que même si les pouvoirs de ma mère étaient défensifs, elle savait également très bien attaquer. Ma mère a lancé un sortilège, qui l'a réduite au silence et attachée à l'aide de liens magiques. Elle a alors pu être emmenée au cachot par les gardes le temps que la Cérémonie se termine. Comme ma mère, mes pouvoirs étaient défensifs mais à l'aide de Scathach (5), on a réussi à lancer un sort de bannissement à Regina. Jusqu'à ces dernières semaines, il avait tenu. Elle avait été exilée sur une île de Libreria et nous n'entendions plus parler d'elle. Mais Scathach nous a informées qu'elle avait réussi à défaire le sort de bannissement. On sait toutes que sa première destination sera Libreria. Quant à savoir quel mauvais coup, elle prépare, c'est un grand mystère malheureusement. Elle a eu 22 ans pour ruminer sa vengeance.

Un silence de plomb s'installa dans le salon et on eut cru que la température avait chuté de plusieurs degrés.

- Bon, j'ai bien compris que Regina était quelqu'un de malfaisant et de malsain. Mais quel est le rapport avec moi ? Pourquoi était-elle un danger pour moi ?

- Les événements que je viens de te raconter nous sont connus car nous les avons vécus. Regina avait fait un autre mauvais coup entre temps. Celui-là, très peu de personnes étaient au courant. Moi-même, je ne l'ai appris que très récemment. Pour tout te dire, Cyrella m'a mise au courant quelques heures avant sa mort. Elle voulait s'assurer que nous ayons connaissance de tous les éléments afin d'assurer ta sécurité au maximum. Mais je te jure que je ne le savais pas avant.

Oh oh ! Vu le ton utilisé par ma marraine pour m'assurer qu'elle ignorait cette histoire, ça n'allait pas me plaire, c'est sûr.

- L'incident s'est déroulé en 1990. Comme je t'ai dit, depuis l'enterrement de mon père quatre ans auparavant, nous n'avions plus eu de nouvelles de Regina. Mais Christine et Philippe en avait eu. Cela aurait pu briser leur mariage récent mais Christine connaissait trop bien Regina et n'en a jamais voulu à Philippe car elle savait qu'il était totalement innocent. Un jour, durant sa grossesse, Christine était partie faire des courses. Lorsqu'elle est rentrée, elle a surpris Philippe au lit avec une femme. Mais avant qu'elle ait pu dire quoique ce soit, cette femme s'est retournée et ta mère s'est retrouvée face à son sosie. Le pauvre Philippe, complétement perdu ne comprenait ce qu'il se passait et comment il pouvait se retrouver face à deux Christine. C'est alors que la femme est sortie du lit, a éclaté de rire et a retrouvé son apparence initiale. Comme tu l'as sûrement déjà compris, c'était Regina. Elle avait usé de magie noire pour prendre l'apparence de ta mère et couché avec ton père. Elle espérait ainsi briser leur couple. Mais Christine était plus intelligente que cela. Elle savait que ton père n'avait aucun moyen de savoir et de démasquer l'imposture. Toutefois, c'est ce qui les a poussés à quitter Libreria. Christine avait peur que Regina s'en prenne à toi par la suite.

- Je comprends mieux maintenant. Merci Marraine de m'avoir raconté tout ça. Je sais à quel point cela a été difficile à revivre.

- Ce n'est pas tout ma chérie. Il y a autre chose dont je dois te parler. Je t'ai promis de tout te dire et je ne peux pas te cacher cela.

- Quoi ? Qu'est Scathach ce qu'elle peut bien avoir fait de pire que tout cela ?

- Nous avons découvert au décès de ta grand-mère que Scathach([v]) nous avait menti sur la date de l'évasion de Regina. Elle avait peur de nous le dire. En fait, elle ne s'était pas échappée il y a quelques semaines mais il y a un an…

- Un an ? mais alors…

- Oui, c'est ce que j'essaye de te dire. Sa première destination n'a pas été Libreria mais l'Autre Monde. Elle a rendu visite à tes parents. Elle voulait annoncer à ton père que, suite à son incartade –tout involontaire qu'elle soit – elle avait mis au monde une petite fille, qu'elle avait prénommé Vanessa. Elle l'avait alors fait adopter. Elle ne lui a pas dit par qui, ni quel nom elle portait à présent. Tes parents étaient tellement furieux qu'ils l'ont mise à la porte. Ils voulaient t'en parler. Ta mère a cependant voulu en parler d'abord à Cyrella, qui était au courant de l'imposture commise par Regina. C'est après

en avoir parlé à Cyrella, sur le chemin pour venir te voir et te parler que Regina a provoqué leur accident de voiture.
- Mais alors, au moment de l'enterrement, Grand-mère savait ?
- Oui, elle savait mais n'a rien dit à personne. Elle craignait que tu sois également en danger et voulais tout d'abord trouver une solution pour te mettre en sécurité avant te parler de tout cela.
- Et toi ? Tu savais ?
- Non, comme je te l'ai dit, je ne l'ai su qu'il y a quelques jours. Ta grand-mère m'a fait appeler dans sa chambre quelques heures avant de mourir pour me raconter toute l'histoire et me faire jurer de tout mettre en œuvre pour ta sécurité.

Dire que j'étais sous le choc aurait été bien en dessous de la vérité. Je ne savais pas quoi dire. Je ne pouvais même pas en vouloir à ma grand-mère. Elle avait, comme ma mère, essayé de me protéger et de me garder en vie. Une pensée me vint cependant à l'esprit.

- Et ma sœur ? Vous l'avez trouvée ?
- Non, pas encore ma chérie. J'ai mis mon meilleur et plus discret élément sur le coup pour retrouver ta demi-sœur.
- Pouaaaah ! J'aime pas ce mot. Elle non plus ne connait ses origines réelles. Elle connait peut être ce monde mais pas ses origines. C'est la fille de mon père, donc c'est ma sœur. Elle n'est pas fautive de sa naissance ni de la dégénérescence de sa tarée de mère. J'espère que tu me tiendras au courant de la suite des recherches.
- Oui, bien sûr.
- Je te remercie Marraine. Pour ta franchise et pour m'avoir tout raconté. Par contre, pour être tout à fait franche, ca me fait beaucoup de choses à digérer d'un coup.
- Je me doute ma chérie. Est-ce que je peux faire quelque

chose pour t'aider ?

- Là, tout de suite ? Je crois que ce qu'il me faudrait, et bien que ca ne soit absolument pas dans mes habitudes, je ne serais pas contre un petit verre bien tassé.

Iris éclata de rire pour la première depuis trois heures.

- Tu as raison. De toute façon, le déjeuner sera servi d'ici peu. On est tout à fait dans les temps pour prendre un apéritif. Et bien que ça ne soit pas non plus dans mes habitudes, je vais te suivre et me verser également un whisky bien tassé.

CHAPITRE 9

Le déjeuner se déroula dans une ambiance calme. Ma famille avait bien compris que mon humeur, si elle n'était pas triste, n'était pas non plus à l'heure des débordements de joie. Ma marraine me questionna sur ma vie en AutreMonde. Bien qu'elle en connaisse les grandes lignes par Cat, elle voulut tout savoir de moi. Ce que j'aimais, ce que je détestais, en nourriture, en films, en musique et bien entendu en livres. Elle fut heureuse de savoir que j'aimais un peu tous les styles, sauf la poésie, j'avais toujours eu du mal avec la poésie. Elle était sûre que j'allais être aux anges, demain, quand Cat m'emmènerait visiter Libreria. Elle m'annonça alors qu'un grand dîner était prévu demain soir. Après le déjeuner, c'est la visite du manoir qui était au programme. Elle m'expliqua alors que l'on se trouvait dans le manoir principal, qui était habité par la famille régnante et qui avait été baptisé Pemberley Manor [vi] par sa mère qui était grande amatrice de l'œuvre de Jane Austen.

- Le domaine est entouré par les dépendances, l'une qui est utilisée par la reine douairière, ma mère a ainsi décidé de l'appeler Green Hill, bien qu'il ne soit pas précisément dans les collines mais le nom lui plaisait. Et ce que mère voulait, mère l'obtenait, me dit-elle en riant. Quant à l'autre, c'est Cordelia Manor [vii], en hommage à la grande amie de ta grand-mère, Phyllis Dorothy James.
- Ma grand-mère était amie avec P.D James ? dis-je en faisant des yeux ahuris.
- Oh oui… Elles se sont d'ailleurs beaucoup amusées lors de l'écriture et la sortie de « La mort s'invite à Pemberley » [viii].

Elles ont passé beaucoup de temps dans le manoir. Phyllis disait que ça l'inspirait de se trouver ici.

- Tu m'étonnes, dis-je en riant. Et qui vit à Cordelia Manor ?
- A l'heure actuelle, il n'y a personne. C'est le manoir qui est occupé par la famille de la Grande Conseillère, me répondit ma marraine en me regardant.
- Oh... c'est donc là où je vivrais si...
- Oui ma chérie. Mais ne t'en fais pas. Je ne te harcèlerais pas avec ce problème tout de suite. Pour le moment, tu es à Libreria pour découvrir notre monde. Je ne dis pas qu'on a tout notre temps mais cette question peut attendre quelques jours avant d'être abordée.

Je la remerciais. Elle avait compris que toute cette histoire était énorme pour moi. Je comprenais désormais pourquoi Alfred m'avait dit que mon univers serait bouleversé. C'était bel et bien le cas. Je savais que j'étais la Grande Conseillère désignée mais je voulais d'abord connaitre un peu mieux le monde où mes parents avaient grandi. Je savais que ça serait une autre grande discussion que je devrais avoir avec ma marraine mais si cela pouvait attendre quelques jours, je n'étais pas contre. J'avais eu mon compte de grandes discussions ces derniers jours. Autant attendre un peu.

Après le repas, Cat me prit la main pour commencer la visite. Son sourire était tellement éclatant que je n'eus pas le courage de tempérer son enthousiasme. Elle m'expliqua alors que le manoir datait de la fin du XIXe siècle. Il était dans le style victorien qui me plaisait tant. Je pensais alors que Cat me montrerait la pièce dont j'avais aperçu la double porte au fond de la salle à manger mais elle me dit qu'il s'agissait de la salle de bal et qu'il était hors de question que je la voie aujourd'hui. Je ne la verrais que demain, lors de la soirée. Elle se justifia en me disant qu'il était banal tant qu'il n'avait pas été décoré. Je serais d'autant plus impressionnée demain. Nous sortîmes donc pour nous retrouver dans le grand hall. Je ne m'étais pas aperçue en arrivant qu'il s'agissait d'un grand espace ouvert. La salle à manger était ainsi encadrée par deux grands escaliers de marbre qui permettaient d'accéder aux étages. Cat m'indiqua que les escaliers menaient aux deux tours du manoir. La tour Est permettaient d'accéder aux appartements de travail tandis que la tour Ouest était réservée à l'usage privé de la famille. De même qu'elle me dit qu'à chaque étage, la pièce reliant les deux tours était à usage commun, tout comme la salle à manger. Nous décidâmes alors de commencer par la tour Est.

Une fois arrivées à l'étage, je remarquai une fois de plus une multitude de portes. On y trouvait ainsi le cabinet de travail de ma marraine, ainsi que celui de la Grande Conseillère – je n'arrivais toujours pas à le voir comme le mien. Une fois dépassés, je demandai à Cat ce qui se trouvait derrière la double porte. Elle m'expliqua alors qu'il s'agissait de la salle de réunion. C'est là que se retrouvaient chaque ministre de ma tante pour des palabres qui pouvaient durer des heures selon elle. Les mots ayant une grande importance en Libreria, les ministres pouvaient passer des heures à débattre sur l'utilisation de tel ou tel mot que ça soit pour un livre ou une loi. Elle me confia d'ailleurs que sa mère déprimait à l'idée de devoir se charger de ces réunions en attendant la nouvelle Grande Conseillère. S'en suivaient après tous les bureaux des ministres – où ils n'étaient quasiment jamais, chacun travaillant la plupart du temps de chez lui.

Nous poursuivîmes notre chemin lorsque soudain, Cat décida de me bloquer la vue. Décidée comme elle l'était, je ne pus m'empêcher d'éclater de rire tout en lui promettant de garder les yeux fermés jusqu'à ce qu'elle me donne l'autorisation de les ouvrir. Nous étions devant une énième double porte et je ne comprenais pas pourquoi elle prenait toutes ses précautions. J'entendis la porte s'ouvrir et sentis Cat qui me tenait la main pour m'emmener dans cette pièce. Je compris mieux les raisons de son comportement après avoir obtenu l'autorisation d'ouvrir les yeux. Je les ouvris tellement bien qu'on aurait cru que j'avais deux calots qui cherchaient à s'échapper de mes yeux. Je ne redescendis sur terre qu'en entendant l'éclat de rire de Cat qui venait de prendre en photo mon air rêveur sur lequel on pouvait presque voir les étoiles dans mes yeux.

- C'est...
- Oui, c'est la bibliothèque du manoir.

La pièce s'élevait sur deux étages. Chaque espace de mur était occupé par des livres. De belles tables de travail trônaient au centre de la pièce, illuminées par de magnifiques lampes vert émeraude. C'était féérique. Je crois bien qu'on m'avait en effet perdue, comme l'avait prédit Cat.

- Nora... Viens, j'ai encore toute l'aile ouest à te montrer.
- A quoi bon visiter le reste du manoir ? Je veux passer ma vie dans cette pièce.

Cat éclata de rire.

- Oui, je me doute bien que tu vas y passer une grande partie de ta vie mais je t'assure, les lits sont bien plus confortables dans l'aile ouest.

Il n'empêche qu'elle dut me traîner pour passer la double porte qui se trouvait à l'opposé de la première.

- Tu auras tout le temps que tu souhaites pour rester ici et découvrir les merveilles qu'elle recèle.

Avec un gros soupir, j'acceptai enfin de la rejoindre pour visiter le reste de la maison.

Le premier étage de l'aile ouest ne présentait pas spécialement d'intérêt. C'était les chambres d'amis qui se trouvaient à ce niveau. J'ai bien cru que Cat allait me sauter à la gorge quand j'eus le malheur de lui demander si ma chambre se trouvait dans ce couloir.

- Bien sûr que non ! Tu n'es pas une amie de la famille, tu fais partie de la famille, m'aboya-t-elle dessus en appuyant sur ces derniers mots. Ta chambre est au second, à côté de la mienne.

On monta alors la dernière volée de marches pour arriver à nos quartiers personnels. Chaque chambre portait le nom d'une auteure, celui de nos auteures préférées. C'est d'ailleurs à ce moment-là que Cat me demanda quelle était la mienne pour graver le nom sur la porte de ma chambre. Après une légère hésitation, je décidai de nommer ma chambre la chambre « Cassandra O'Donnell ». Ce fut avec plaisir que je passai devant la chambre « Mary Higgins Clark », occupée par ma marraine, puis devant la chambre « J.R.R. Tolkien ». Je m'arrêtai devant la porte en regardant Cat tout en souriant.

- Ne me dis pas que c'est la tienne ? lui demandai-je.
- Non, bien sûr que non. C'est celle d'Eric. Bien qu'en règle générale, ce soit des noms d'auteures qui nomment les chambres, maman a accepté de faire exception pour Eric. Quoique je l'aurais bien vu dans une chambre « Barbara Cartland » me dit-elle tout en riant.

En effet, rien qu'à imaginer une chambre entièrement rose et pleine de froufrous, je ne pus m'empêcher d'éclater de rire avec elle.

On arriva alors devant une porte sans nom, la mienne.

- Ne t'inquiète pas. Ta chambre sera nommée d'ici ce soir.

Elle m'ouvrit alors la porte de ce qui semblait être un palace.

- Tu as ton espace de travail personnel puis la chambre proprement dite juste derrière.

C'était carrément un vrai lit de princesse qui m'attendait. Tout y était, même le panier pour Léo. Mes affaires avaient été installées dans l'armoire. J'y entrevis également de très belles robes de soirée qui ne m'appartenaient pas.

- Maman les a commandées quand elle a su que tu venais. Elle est très vieux jeu là-dessus et demande à ce que l'on soit bien habillée pour le dîner. Les robes de soirées sont prévues pour les soirées comme demain. Ne t'inquiètes pas, je viendrais t'aider et on demandera à Esther de venir te coiffer en attendant que l'on te trouve ta femme de chambre personnelle.

Sans plus faire attention à mon air ahuri – décidemment, cet air devenait habituel chez moi – à la mention d'une femme de chambre personnelle, elle m'entraina vers la porte située en face et qui se nommait « Nora Roberts ».

- Heureusement que je n'ai pas choisi ce nom, en référence au mien alors, lui dis-je d'un air ironique.
- Que veux-tu ? Ce n'est tout de même pas de ma faute si tu portes le nom d'une reine de l'écriture.
- C'est vrai, je suis entièrement d'accord avec toi, étant moi-même une grande fan de cette auteure aux styles multiples.
- Sa chambre ressemblait beaucoup à la mienne. Mais à la différence de la mienne, ses murs étaient décorés d'affiche d'événements littéraires divers et variés. Et le contour de lit était recouvert de livres du sol au plafond.
- Bien, tu as vu tout le manoir. L'étage au-dessus est celui du bureau de maman. Elle a décidé de prendre tout l'étage pour en faire son bureau personnel. Tu l'as vu ce matin donc inutile de se retaper toutes les marches. Je t'emmènerais voir Cordelia Manor demain matin avant d'aller visiter Libreria. Pour l'heure, il est temps de se préparer pour le dîner.

Je regardai ma montre en m'étonnant qu'il soit déjà l'heure du dîner. Mais en effet, nous avions juste le temps de nous préparer. Je n'avais pas vu passer cette journée. Je retournai alors dans ma chambre prendre mon bain et choisir ma tenue pour ce premier véritable repas en famille.

CHAPITRE 10

Le lendemain matin, après un copieux petit déjeuner – la journée serait physique et on avait besoin de prendre des forces – Cat et moi enfilâmes nos chaussures de marche et partîmes pour Libreria, non sans avoir promis à tante Iris que nous serions de retour vers le milieu de l'après-midi pour l'aider avec les derniers préparatifs du bal.

Si l'on exceptait mon escapade sur le balcon, je n'avais pas encore mis les pieds en dehors du manoir et j'étais impatiente de découvrir la terre de mes parents. Comme je l'avais vu depuis le balcon, Pemberley était entouré d'immenses jardins, serpenté de chemins.

- Comme tu peux le voir, chaque chemin mène à une dépendance. Je propose que, ce matin, nous prenions celui qui mène à Cordelia Manor. Ils mènent tous au village. Le manoir des invités et Green Hill présentent moins d'intérêt.

En effet, ils présentaient tous deux moins d'intérêt. Sans avoir pris encore de décision concernant mon avenir à Libreria, j'avais malgré tout hâte de voir ce qui pourrait devenir mon futur foyer.

Nous arrivâmes devant Cordelia Manor cinq minutes après. Les jardins que nous avions traversé étaient tous plus beaux les uns que les autres. Le jardinier de ma tante connaissait vraiment bien son métier et la propriété embaumait de parfums exquis.

De l'extérieur, Cordelia Manor ressemblait à Pemberley, en version réduite. Cat me confirma qu'il était un peu plus petit mais qu'il était aussi plus intime.
Comme elle nous faisait entrer, je compris ce qu'elle avait voulu dire. Nous arrivâmes, non pas dans un grand hall mais dans une entrée agréable. La double porte en face de nous donnait sur un salon. Un feu de cheminée y crépitait, répandant une douce chaleur dans toute la maison.

- Georges et Martha ont vécu toute leur vie au service de Cyrella. Maman n'a pas pu se résoudre à les déloger à son décès. Ils continuent d'entretenir la maison comme si elle allait rentrer d'une minute à l'autre, m'expliqua Cat.
- Miss Cathy ! Quel plaisir de vous voir.
- Bonjour Martha. C'est un plaisir de vous voir aussi. Je vous présente Nora, la petite…

« Je sais qui elle est voyons ! » la coupa aussitôt la dénommée Martha.
Tout en observant cette femme au sourire chaleureux, je m'aperçus qu'une vague de tendresse m'enveloppait et me promis d'en parler plus tard à Cat.

- Bienvenue à vous mademoiselle Nora. Mon instinct ne m'avait pas trompée, j'avais dû pressentir votre venue. Je viens de terminer le glaçage de mon célèbre cake au citron. Installez-vous dans le salon. Je vous en apporte une tranche avec le thé.
- Vous n'auriez pas plutôt du café ? demandai-je timidement.

A ce moment-là, elle retourna en me regardant comme si j'avais proféré un blasphéme au milieu de l'église.

- Certainement pas ! Le cake au citron, ca se déguste avec du thé et rien d'autre.

Et cette traîtresse de Cat qui me regardait en se mordant les joues pour ne pas éclater de rire. Elle attendit sagement que Martha soit repartie en cuisine pour s'excuser. Mais je la connaissais bien cette chipie. L'éclat de malice de ses yeux démentait ses excuses.

- Personne ne s'oppose à Martha lorsqu'il s'agit de sa cuisine. Même Cyrella ne s'y risquait pas, me dit en elle en souriant jusqu'aux oreilles. Mais tu comprendras vite pourquoi. J'adorais passer des après-midi entières avec Martha en cuisine quand j'étais petite. Et pourtant, je n'ai jamais réussi à racler les fonds de pâte à gâteau. Cette femme est la gentillesse faite femme mais un dragon se cache en cuisine.

Encore une fois, je devais reconnaître que Cat avait raison. Ce cake et ce thé étaient une vraie tuerie. Une fois avalés, tout en se remémorant certains après-midis que l'on avait passé à refaire le monde, nous reprîmes la route. Arrivées sur la grand-place, je restai interdite.

Nous étions sur une place qui avait tout de la place d'un village provençal. Un grand bâtiment qui ressemblait à une église se trouvait au centre. De là, des chemins pavés partaient dans toutes les directions vers des rues très différentes les unes des autres.

- Regarde, la terrasse de l'Encre fleurie est ouverte. On

va en profiter pour s'installer. On pourra discuter de la suite de la visite.
- L'Encre fleurie ? Qu'est ce que c'est ?
- Le café de Libreria. La plupart des auteurs s'y retrouvent. Ils peuvent y écrire, lire ou encore discuter.

Je m'arrêtai net en arrivant à la terrasse.
- Qu'est ce qui se passe Nora ? Tu es toute rouge et tu trembles.
- C'est... Cassandra O'Donnell que je vois assise là-bas ?
- Oh ! Oui, c'est elle. Viens, on va aller lui dire bonjour.
- Hein ? Quoi ? Nonnnn ! Je ne vais jamais oser.

Elle me tira par le bras pour m'emmener à la table de Cassandra.
- Cassandra... Il faut vraiment que tu fasses quelque chose. Tes lecteurs attendent le prochain tome de mes aventures... Ils s'impatientent de plus en plus.
- Oui, je sais. Mais rassure-toi Rebecca ([ix]. Il arrive bientôt.
- Donc, tes lecteurs vont enfin savoir que je suis en couple avec
- Stop !!! Ne dis rien à haute voix. Je veux que la surprise soit totale pour tous.
- Bon, si tu le dis...

Cat s'avança alors, en me tenant toujours le bras.
- Bonjour Cass', comment vas-tu ? Tu sais que je suis d'accord avec Rebecca, c'est cruel de faire attendre tes lecteurs comme ca.
- Cruel ? Comme tu y vas. J'ai proposé les chroniques de Leonora pour les faire patienter et tu sais que je tiens

beaucoup à mes séries jeunesse.
- Oui, je sais bien. Mais il n'empêche que tout le monde attend la suite. Mais ce n'est pas pour ça que je suis venue te saluer. Je voudrais te présenter ta plus grande fan, ma cousine Nora.
- Bo… bon… bonjour, arrivai-je à balbutier.
- Bonjour Nora, me répondit-elle en me souriant.
- Je crois qu'elle n'est pas vraiment en état de parler. On va te laisser travailler. Je crois que tu as un tome très attendu à écrire… Je te dis à bientôt.
- Pas de problème, à bientôt ma belle.

Cat m'entraîna à une table un peu plus loin.

- Ne t'inquiète pas, tu auras l'occasion de la revoir régulièrement. Même si elle ne vit pas en Libreria, elle vient très régulièrement.
- Elle ne vit pas en Libreria ?

Elle se lança alors dans l'explication : « non, Cassandra, comme d'autres Insuffleurs, vit en Autre-Monde. En fait, Cassandra n'entre pas dans la catégorie des Insuffleurs. C'est une Chroniqueuse. Elle écrit elle-même ses livres, elle ne les insuffle pas. La Cassandra que tu as rencontré est la même que tu pourrais rencontrer en Autre-Monde. Certains auteurs ont choisi ce monde de fonctionnement. Mais la plupart se contente d'insuffler leurs idées de livres à des auteurs d'Autre-Monde. Mais il y a également des auteurs qui ne sont pas librerians et qui n'ont pas d'Insuffleurs mais en général, leurs livres ne sont pas très bons.

- Merci pour tes explications, je saurais peut être quoi lui dire la prochaine fois que je la rencontrerais, que ce soit

ici ou en Autre-Monde. Et je voulais te demander, c'est quoi ce grand bâtiment à côté ? Une église ?
- Non, c'est la Grande Bibliothèque. Il n'y a pas de religion en Libreria. Libreria a réussi, au fil de son histoire, a se libérer du carcan de la religion et de l'argent.
- De l'argent ? Comment cela fonctionne alors ?
- Par le troc, par les services. Personne ne se retrouve dans le besoin. Les auteurs vont manger dans les tavernes et ont un domicile. Les tavernes n'ont pas de frais à payer, ils échangent avec les agriculteurs. Tout le monde y trouve son compte.
- Ca me plait beaucoup comme système. Et pour la religion ? J'aurais pensé que justement, étant basée sur des livres, elle serait présente.
- Non non. Certes, elles sont basées sur des livres. Mais leurs auteurs ont préféré s'exiler. Ce sont trois vieux fous qui sont partis vivre ensemble sur une île déserte. Aux dernières nouvelles, ils passaient leurs temps à se disputer mais au final, ils s'entendent comme larrons en foire.
- Tu sais, même si je ne pensais pas avoir un jour ce genre de discussion, nos anciennes discussions me manquent souvent. Ca me fait vraiment plaisir de t'avoir retrouvée. Inconsciemment, je devais avoir compris que nous étions liées.
- Oui, je pense aussi. Et c'est réciproque. J'adorais nos conversations l'après-midi sur la Promenade des Anglais ou le soir dans notre chambre universitaire. Allez, où veux-tu aller ensuite ?
- Je t'avoue que je ne sais pas trop. Qu'est ce que tu me conseilles ?

- En fait, le cœur de Libreria concentre les principaux services. Comme tu as vu en arrivant, de nombreux chemins débouchent sur la Grand Place. Celui par lequel nous sommes arrivées amène au Manoir. Les autres amènent dans chaque quartier de la cité. Chaque quartier regroupe plus ou moins un style littéraire. Et la grosse avenue que tu vois par là-bas, c'est le quartier de littérature générale ainsi que les logements et les bureaux pour les auteurs qui ont plusieurs styles d'écriture. Les autres regroupent chacun un genre. Tu as le quartier policier, horreur, poétique, sentimental.
- Eh bien écoute, pour le moment, personnellement, je me sens très bien assise sur cette terrasse. Nous pourrions rester encore un peu et discuter ?
- Je suis d'accord. Il est presque l'heure de déjeuner. Nous y serons très bien.

CHAPITRE 11

Après un déjeuner simple mais agréable, nous discutâmes de tout et rien pendant encore un petit moment. Nous prîmes ensuite le chemin de l'allée principale. Cat passait son temps à saluer les Insuffleurs. Elle me présentait également le quartier qui était en effet très généraliste. On y trouvait toute sorte d'échoppes et de personnages. Elle m'expliqua que son quartier préféré était le quartier « Dracula », le quartier de la fantasy. Mais à cette heure-ci, ca ne servait pas à grand-chose d'aller s'y promener. Le soleil était haut dans le ciel et les créatures de la nuit ne seraient pas encore présentes.

Elle me parla de ses amis. Tous des vampires. J'arrivai cependant à juguler ma surprise quand à l'existence de ces créatures. Elle m'expliqua, qu'en effet, ils ne pouvaient sortir à la lumière du jour. Les auteurs ayant imaginé ce phénomène étaient tous des Sans-pouvoirs. Autrement dit, des humains qui n'étaient pas insufflés mais avaient bel et bien imaginé ces phénomènes d'eux-memes. Son meilleur ami, Joris, avait d'ailleurs beaucoup rigolé lors de la sortie de Twilight. Sa tentative pour minimiser son amitié avec lui, pour éviter de me peiner, me fit sourire. Je lui fis alors comprendre qu'il était normal qu'elle ait des amis en Libreria et que cela ne minimisait absolument pas notre amitié. Elle fut tellement heureuse de ma réaction qu'elle me sauta dans les bras en me disant qu'il fallait absolument que je rencontre son groupe d'amis, composé de Joris, sa fiancée Elena et de son meilleur ami Gabriel. Elle me parla alors plus amplement d'eux en me décrivant Joris comme un vampire adorable mais totalement maladroit. Ce qui me fit sourire étant donné que j'étais régulièrement maladroite aussi. Il n'avait pas un pouvoir très grand mais poursuivais son petit bonhomme de chemin tranquillement. Quant à Gabriel, qu'elle me décrivit comme un beau brun ténébreux, il passait son temps avec Joris et Elena. Il aidait très souvent Joris et aimait bien lui faire des plaisanteries dont ils riaient ensemble par la suite. Son plus beau coup restait, d'après Cat, lorsque Gabriel avait décrété que la vie de Joris était bien trop monotone à son goût. Il avait, par conséquent, décider de lui offrir un animal de compagnie hors du commun. Elle arrivait à peine à parler tellement elle riait en me racontant cela. Il était arrivé le soir de son réanniversaire, l'anniversaire de sa renaissance, accompagné d'un bébé... licorne. Une fois que les billes de mes yeux eurent retrouvé une taille normale, j'éclatais d'un rire sonore en plein milieu de la rue.

- Une licorne ? Avec un vampire ? C'est une blague ?
- Non non, Gabriel est toujours très fier de raconter cette anecdote. Mais il faut dire que Flocon a su se faire adopter par tout le monde. Même à l'Encre fleurie, il joue avec les chats et il ne blesse personne. Il est vraiment adorable.

Mon fou rire ne prit fin que lorsqu'une vieille mégère me bouscula. Je réalisai alors qu'on était toujours au milieu de la route. Nous décidâmes alors de rendre visite à ses amis dès que possible. Elle me dit qu'elle lui enverrait un message pour que l'on se retrouve tous à l'Encre Fleurie le lendemain soir. Ce soir, ce n'était pas imaginable avec le bal. Elle m'expliqua alors qu'Iris, même en sachant qu'il s'agissait de ses meilleurs amis, n'était pas très à l'aise avec les vampires et que Joris, le savait et le respectait. Il évitait autant que possible de passer au Manoir. Ils se retrouvaient de temps en temps chez lui mais le plus souvent, c'était à l'Encre fleurie. Elle lui dit que ça arrangeait ce dernier. En effet, il était à la recherche d'un Chroniqueur qui pourrait faire un livre de

sa vie et pour cela, l'Encre fleurie était le meilleur endroit. Il passait son temps à dire que si des vampires luminescents avaient eu un tel succès son histoire de vampire maladroit le méritait également.
Le soleil avait commencé sa descente dans le ciel lorsque nous nous souvenâmes de la promesse fait à ma tante. Il était l'heure de rentrer au Manoir pour aider Iris dans les derniers préparatifs et avoir le temps de nous préparer pour le bal.

Nous reprîmes alors le chemin du Manoir tout en se promettant que la prochaine fois, nous visiterions le quartier « Sherlock Holmes » qui regroupait les auteurs de policiers-thrillers. Après le quartier « Dracula », c'était le second qui venait dans ma liste de souhaits. J'étais encore présente à Libreria pour quelques jours et il ne faisait pas de doute dans mon esprit que je viendrais régulièrement en Libreria, si je n'y restais pas définitivement. Je n'avais pas encore réussi à prendre de décision à ce sujet.

Durant la journée, le Manoir avait été métamorphosé. Les jardiniers avaient posé des lumières partout et le chemin que nous avions emprunté ce matin était illuminé. Le hall était aussi décoré qu'un sapin de Noël et il y avait foule de personne qui courait dans tous les sens.

- Ah, vous voilà enfin !

Iris débarqua dans le hall, vêtue d'un jean et d'un chemisier _jamais je n'aurais cru voir une reine habillée de la sorte_ nous harponnant à peine entrées.
- Il y a encore tant à faire, on ne va jamais en voir le bout.

- Mais si ma tante. Ca m'a tout l'air d'être bien avancé. Bon, on va se mettre au travail. De quoi as-tu besoin ?
- Il faudrait que vous m'aidiez pour la table. Le personnel va mettre tout en place mais il faudrait mettre en place les étiquettes. Sans faire d'erreur surtout, j'ai passé des heures à faire ce plan de table. La moindre erreur peut avoir des conséquences catastrophiques, tu sais comment ils sont Cat.
- Oui, je sais, ils sont susceptibles. Mais ne t'inquiète pas. Donne moi ce plan de table et va harceler quelqu'un d'autre.

Pendant plus d'une heure, Cat et moi installâmes les petites étiquettes avec les noms des invités à chaque place. Une grande partie de la population serait présente ce soir. Je me sentis stressée et timide de rencontrer autant de personnes. Je ne connaissais rien au protocole et j'avais peur de faire une bourde.

Cat qui me connaissait mieux que moi-même s'en rendit compte et me demanda de quoi j'avais peur.

- Il n'y a aucune raison ma belle. Ne t'inquiète pas. Il n'y a pas de réel protocole. La seule véritable règle concerne le début. On attend tous que Mère nous dise de nous asseoir.
- Un peu comme dans un tribunal ?

« Oui, c'est ça » ricana Cat et je sus, à son regard espiègle, qu'elle imaginait sa mère en juge.

- Plus sérieusement, il n'y a pas d'autre protocole. Le respect et la politesse sont plus que suffisants. Tu as été bien élevée ?
- Oui, oui mais pas selon des règles royales je te rappelle.

- Oui et je me répète, il n'y a aucune règle spéciale.
- Bien, et si on s'échappait et qu'on allait se réfugier dans ta chambre ? Nous pourrons chercher la robe parfaite pour toi. Maman m'a dit ce matin qu'elle avait embauché une femme de chambre pour te seconder et t'aider à te coiffer. Elle doit te rejoindre dans ta chambre d'ici une heure. D'ici là, je suis sûre qu'on peut piquer quelques gâteaux en cuisine avec un bon café.

Nous réussîmes à nous esquiver jusque dans ma chambre, après un passage éclair en cuisine pour demander à Isobel de nous préparer une assiette de brownies et un thermos de café et de le faire monter par Clarisse, la femme de chambre de Nora.

Comme convenu, Caroline, ma nouvelle femme de chambre arriva une heure plus tard. Cat et moi nous étions déjà mise d'accord pour la robe. J'avais eu un coup de cœur pour la magnifique robe émeraude mais Cat m'indiqua que c'était la couleur que sa mère avait déjà choisie et qu'elle n'aimait pas que l'on soit deux à porter la même couleur dans la famille. J'avais donc pris la robe bustier d'un magnifique mauve qui étincelait de reflets. Cat serait quant à elle, dans une robe fourreau turquoise parsemée d'étoiles noires. C'était une vraie soirée de rêve qui s'annonçait. Elle acheva ma transformation en me faisant le plus fantastique chignon que j'ai jamais vu et m'avait maquillée. Bien que discret, j'eus l'impression que le chef d'œuvre de Caroline ensoleillait mon visage.

Nous nous apprêtâmes à rejoindre Iris lorsque cette dernière sortit de sa chambre et resta bouche bée en nous voyant.

- Oh mon dieu ! Vous êtes… magnifiques les filles !!!
- Merci ma tante, tu es superbe aussi.

Elle demanda à Alfred de prendre une photo de nous cinq : Cat, moi, Iris et Philipe et nous avions même réussi à persuader Eric d'apparaître sur la photo.

« Allez, allons faire des sourires et serrons des mains » nous dit Iris dans un sourire resplendissant.

CHAPITRE 12

Je m'arrêtai net lorsque je mis un pied dans la salle de bal. Ca commençais à devenir une habitude mais la salle était tellement resplendissante que j'en perdais mes mots. Elle était illuminée du sol au plafond, plafond qui semblait inexistant tant le ciel étoilé paraissait réel.

Lorsque je baissai les yeux, je me rendis compte que la salle était remplie d'une cinquantaine de tables harmonieusement disposées. Chaque table était un demi-cercle accueillant huit personnes. J'étais, bien entendu, à la table présidée par Cat. C'est ainsi qu'elle me présenta Anthony, son petit-ami. Elle eut au moins la décence de rougir, ne m'ayant parlé de lui à aucun moment. Oh la chipie ! Elle allait en entendre parler et elle le savait. Elle m'expliqua alors que chaque table était disposée de façon identique. Il y avait huit personnes, quatre hommes et quatre femmes, alternativement placées. Je me retrouvais ainsi entre Valentin et Sébastien. Elle me présenta Valentin, le fils d'Isabelle, qui me regarda de la tête aux pieds d'un air hautain. Etrangement, mon instinct me soufflait de me méfier de lui. Certes, je n'étais pas très douée pour nouer de nouvelles relations sociales mais il n'empêche, Valentin avait quelque chose dans le regard qui alertait mon sixième sens.

Lorsque je me tournais sur ma droite, c'était son opposé qui m'observait. Cat me présenta alors Sébastien, le jumeau de Valentin. Je souriais en relevant l'ironie de la chose, ils étaient jumeaux mais se ressemblaient à peu prés autant que le jour et la nuit, Sébastien représentant très bien la charme nocturne. Ce qui tombait à pic, étant donné que je préférais la lune au soleil.

Quand il me salua, je tombais immédiatement sous le charme. Sa voix basse me coupa le souffle. Lorsque je relevais la tête pour l'observer, je me retrouvais comme hypnotisée par les yeux noisettes qui m'observaient attentivement. Ce fut son rire profond qui me tira de ma rêverie.

- Ne t'en fais pas, ta réaction est normale, me chuchota-t'il avec un sourire taquin plein de promesses.

Me méprenant sur le sens de ses paroles, je fus tout à fait éveillée. Si il y avait un défaut que je trouvais totalement rédhibitoire, c'était la prétention.
Toutefois, le rire de Cat m'intrigua mais je ne pouvais pas la questionner maintenant mais elle ne perdait rien pour attendre.

Cat termina les présentations avec les filles de la table : Sonia, qui était la fille de Marine et petite amie d'Eric. Elle avait l'air gentille et semblait tout aussi timide que moi. La table était enfin complétée avec Mylène, une blonde vaporeuse qui avait l'air de s'ennuyer et de se demander ce qu'elle faisait là. Je me le demandais également mais Cat m'informa qu'elle était la fiancée de Valentin. « *Je comprends mieux* » pensai-je.

- Ce n'est pas très charitable de juger ainsi une fille même si tu as raison.

Je sursautai sur ma chaise. C'était la voix de Sébastien mais il ne pouvait pas avoir dit ca à voix haute.

Je le regardai, il me souriait avec son petit sourire en coin.
- Accorde-moi la première danse, je t'expliquerais tout.

Ses lèvres n'avaient pas bougé. Ce n'était pas possible. Même s'il était ventriloque, il n'aurait pas osé dire ça à voix haute. J'avais peur de chercher à comprendre mais je hochais malgré tout la tête pour lui signifier mon accord.

Un tintement de cristal me fit lever la tête. Ma marraine était debout devant sa place, à la table d'honneur.
- Bienvenue à vous mes chers amis. Je ferais court. J'ai choisi d'organiser cette soirée en l'honneur de quelqu'un d'important pour moi. Je suis sûre qu'elle deviendra importante pour vous également. Je suis fière de vous présenter ma filleule, Nora.

En comprenant qu'elle parlait de moi, je piquai un fard et baissai immédiatement la tête.
- Le rose aux joues te va à merveille, me chuchota Sébastien en se penchant vers moi pour m'aider à me lever.

Je me hâtai de me rasseoir après avoir fait un petit signe de la main et avoir grimacer un sourire crispé.
- Bon, nous n'allons pas la torturer plus longtemps. Je voudrais simplement ajouter que nous te souhaitons la bienvenue chez toi ma chérie.

Tous se mirent à applaudir, ce qui transforma le rose de mes joues en rouge pivoine.

- Bien, sans plus tarder, je vous souhaite à toutes et à tous une excellente soirée.

Elle tapa dans ses mains et à ce moment-là, des assiettes bordées d'or apparurent devant nous.

- Je te rassure Nora, nous n'exploitons pas d'elfes de maisons, me fit Cat en me faisant un clin d'œil.

Evidemment, avec le nombre de fois où nous nous étions fait des marathons Harry Potter, je savais qu'elle y penserait tout de suite. Le repas se déroula dans la bonne humeur et nous rîmes beaucoup. De fait, ma méconnaissance de Libreria donna lieu à de bons éclats de rire à notre table.

Deux choses cependant m'intriguèrent. Tout d'abord, bien que nous ayons dans nos assiettes les mets les plus fins, Sébastien avait systématiquement des plats différents des nôtres. L'entrée se composait de fuits de mer tandis que la sienne était un plateau de viandes froides. Il m'expliqua alors qu'il était allergique aux fruits de mer. Mais lorsque des grillades remplacèrent une dinde à la sauce crémeuse, il se contenta de me faire un clin d'œil.

De plus, je surpris à plusieurs reprises le regard dégoûté de Valentin à chaque fois qu'il regardait Sébastien.

Il y avait vraiment quelque chose d'étrange avec Sébastien. Mais quelque soit son secret, c'était son frère qui me faisait froid dans le dos. Oui, c'était illogique et je ne me l'expliquais pas moi-même mais j'avais pour habitude de me fier à mon instinct, et ce dernier me soufflait que les apparences pouvaient être trompeuses.

Bien que le repas soit des plus agréables, et la compagnie de Sébastien le rendait d'autant plus agréable, je disparus dans ma bulle lorsque le dessert arriva.

C'était un gâteau au chocolat recouvert de crème fouettée. Seigneur ! La ganache à l'intérieur était la meilleure ganache que j'ai mangée de ma vie.

Ce fut, une fois de plus, Sébastien qui me sortit de ma transe.

- Je vais finir par me vexer, me dit-il en riant. Je n'ai jamais eu droit à un regard aussi énamouré alors que ce n'est qu'un gâteau.

Je jetai un œil aux convives de la table et piquai de nouveau un fard en me rendant compte de leurs regards pleins de malice qui ne demandaient qu'à éclater de rire.

- N'empêche, il faut reconnaître que Mathilda s'est surpassée ce soir. Faire un repas pour 300 personnes n'est déjà pas simple mais elle a réussi l'exploit de proposer à chaque convive son dessert préféré.
- Mathilda ?
- La cuisinière du manoir. Cette femme est une magicienne.
- Non, c'est une fée, rétorqua Eric à sa sœur de son air malicieux.
- Ah ah ! Tu es drôle dis donc ce soir Eric. Oui, c'est une fée mais reconnais qu'elle fait des miracles en cuisine.

Je m'améliore, pensai-je. *J'arrive à ne plus faire des yeux ébahis à chaque phrase. Une fée... je ne suis décidément pas au bout de mes surprises en Libreria*

« En effet, tu t'améliores et non, tu n'es pas au bout de tes surprises, Eno» me dit Sébastien dans ma tête. Parce que maintenant, ca me semblait clair. J'entendais sa voix dans ma tête. Quant au petit nom qu'il m'avait attribuée, je cherchais à comprendre d'où il pouvait avoir sorti ca.

Ce fut à ce moment là que les lumières s'atténuérent et que je compris pourquoi il y avait un tel vide au centre de la salle.

CHAPITRE 13

Je vis mon oncle se lever afin d'inviter Iris. Ils ouvraient le bal. Ce fut ensuite au tour d'Anthony d'emmener Cat sur la piste. Etant « l'invitée d'honneur » de la soirée, je ne fus pas surprise de voir Sébastien se lever et me tendre la main. Il s'était attribué lui-même le rôle de chevalier servant. Je remerciais mentalement mes parents de m'avoir appris les danses de salon. Ainsi, je ne me ridiculiserais pas devant le parterre d'invités.
- Ne t'en fais pas, je ne te laisserais pas tomber Eno, me sussurra Sébastien.
- Je ne m'inquiète pas. Par contre, toi, tu devrais. J'ai quelques questions our toi et je doute qu'une danse suffise et je ne te lâcherais que lorsque j'aurais eu mes réponses.

Pour seule réponse, il éclata de rire.
- S'il n'y a que cela pour te faire plaisir, je veux bien te faire tournoyer toute la nuit. Mais avant que tu ne protestes, saches que celle-ci ne compte pas.

Etant donné que nous n'étions que trois couples sur la piste pour l'ouverture, je m'en étais un peu doutée. Mais je devais reconnaître que c'était un excellent danseur. Ajoutez à ca son regard hypnotique, encadré par un casque de cheveux ondulés, sa carrure, grande et carrée, qui lui donnait un charisme envoutant avec une pointe de je ne sais quoi d'impressionnant et vous comprendrez qu'une deuxième danse ne me dérangerait absolument pas.

Les autres couples arrivèrent sur la piste dés les premières notes.

On allait pouvoir passer aux choses sérieuses. Je bloquais mon regard sur le sien, un regard qui me bloquait également. Sans possibilité de détourner les yeux, je lançais mon attaque.

- Bien, maintenant que nous pouvons parler librement. Qui es-tu Sébastien ? Et surtout, comment se fait-il que j'entende ta voix dans ma tête ?
- Allons, je suis sûr que tu as la réponse à cette question... me dit-il avec un petit sarcastique.
- Ah non hein... Tu vas pas me la jouer façon Twilight. Et en plus, si c'était le cas, tu ne devrais pas étinceler de partout ? lui dis-je, en ayant le même sourire que lui.

Il se remit à rire. Son rire, qui lui était étincelant de malice et de joie de vivre. Ce qui était ironique pour un mort-vivant, vous ne croyez pas.

Il m'expliqua alors que, oui, il était un vampire et que non, il n'étincelait pas. Comme Cat, il me dit que ca avait fait beaucoup rire les vampires de Libreria. Il se lança alors dans son explication. Il me fit même la démonstration en me montrant ses canines. Il pouvait les sortir selon sa volonté ou lorsque la « faim » se faisait ressentir. Il pouvait entendre mes pensées et avait compris que j'avais l'esprit ouvert. C'est ainsi qu'il pouvait me parler également. Très peu de personnes de la salle étaient au courant. Hormis sa famille, seule Iris le savait. C'était sans compter Cat qui faisait partie de son cercle d'amis. Heureusement, les vampires pouvaient manger de la nourriture solide. Ils avaient cependant une préférence pour les viandes rouges, ce qui expliquait le contenu de son assiette.

Quand je m'étonnais de sa présence au bal ce soir, étant donné ce que Cat m'avait dit concernant Iris, il m'expliqua, qu'en effet, Iris n'était pas à l'aise avec les vampires mais Isabelle étant sa meilleure amie, elle acceptait sa présence. Sans être désagréable avec lui, c'est vrai que ma tante avait eu un minimum de contact. Lorsque je lui demandais si sa mère et son frère étaient, eux aussi, des vampires, il soupira. On arrivait alors à la fin de la danse et j'avais encore tant de questions mais je ne me voyais pas franchement passer la nuit sur la piste de danse. Encore une fois, il découvrit mes pensées et me proposa alors d'aller faire un petit tour sur la terrasse. Le temps était très doux et il n'y aurait personne, ce qui nous permettait de poursuivre notre conversation. Même si une petite voix _ ca commencait à devenir un brouhaha pas possible là dedans _ me murmurait que ce n'était pas une bonne idée de m'isoler avec un vampire, je savais au fond de moi que je n'avais rien à craindre de Sébastien. J'acceptais donc sa proposition. Il en profita pour se moquer en me disant qu'en effet, mon esprit était bien encombré. Je lui rétorquais qu'en effet, j'avais de nombreuses voix dans la tête mais que, malgré tout, je restais le chef. Il s'amusa de ma déclaration et m'emmena alors sur la terrasse.
Le ciel étoilé au dessus de nos têtes avait un effet apaisant après les lumières et le son de la salle.
Nous prîmes quelques instants pour observer ce paysage si calme et si beau avant de reprendre le fil de notre discussion. Comme il me l'expliqua, il était le seul de sa famille à être un vampire. Il s'était opposé à un vampire du nom de Kornak qui n'avait pas apprécié et l'avait transformé pour se venger il y a de cela 3 ans. Normalement, la morsure créant un lien, il aurait dû rester avec son maître durant le pre-

mier siècle de sa transformation. Mais Kornak se fichait pas mal de lui et l'avait abandonné juste après la morsure. Il avait, par magie, défait le lien et l'avait délaissé dans son apprentissage. C'est Gabriel qui l'avait soutenu et aidé dans sa difficile transformation et qui lui avait appris à se contrôler. Sa mère, en tant que telle, l'aimait toujours même s'il ressentait un certain éloignement depuis la morsure. Quant à son frère... ils ne s'entendaient pas très bien avant. Sa transformation avait encore agrandi le gouffre entre eux. Il le considérait comme un monstre, ce qui expliquait les regards écoeurés que Valentin lui avait lancé durant tout le repas. Et quand j'y repensais, pas une fois il ne lui avait adressé la parole. Même Iris avait fait plus d'effort que lui. Il m'expliqua alors qu'il n'en voulait absolument pas à Iris. Il comprenait tout à fait qu'elle soit mal à l'aise et il savait qu'elle tentait de surmonter cela. Il savait que c'était de la peur et non de la haine. Pour son alimentation, c'était relativement simple. Il m'expliqua alors que c'était Chloé Neill ([x]) qui était alors le plus proche de la réalité. En effet, les vampires continuaient à s'alimenter normalement, bien que leurs organismes leur permettent des excès que nous, humains, pouvions difficilement nous permettre, et qu'il leur suffisait d'ingurgiter du sang tous les deux à trois jours, sauf en cas d'émotions violentes. Pour cela, ils avaient accès à des centres de rationnement dans tout Libreria. C'était une fois de plus, la preuve de l'esprit de solidarité et de tolérance des Librerians. Les attaques étaient ainsi donc inexistantes et seuls les vampires devenus incontrôlables étaient pourchassés et exilés sur une des nombreuses îles, comme celle où Regina avait été détenue.

- Ai-je répondu à toutes tes interrogations ? me demanda-t'il, un peu inquiet de me voir me sauver en courant.

- Il m'en reste une, qui me concerne personnellement.
- Tiens donc, et laquelle ?
- Tu m'as appelé Eno tout à l'heure. Alors, ca ne me gêne pas mais tu sais que mon prénom est Nora et non pas Enora ?
- En effet, je le sais. Et ce n'est pas la raison de ce surnom. J'ai simplement été ébloui par la couleur émeraude de tes yeux. J'ai donc fait le rapprochement Emeraude et NOra.

Nous entendîmes alors la porte de la salle s'ouvrir. Je sentis aussitôt Sébastien se tendre. Je me retournais, pensant voir arriver Cat ou Eric. Ce fut cependant Valentin que nous vîmes débarquer.

- Bah alors frangin, t'as pas assez « mangé » avant de venir ?
- Fiches moi la paix, Valentin. Tu sais très bien que nous ne faisions que discuter et que boire à la veine est strictement interdit en Libreria.
- Je le sais en effet mais je n'étais pas sûr que tu aies bien imprimé l'interdiction. Après tout, un monstre reste un monstre.
- Valentin, criai-je, outrée par son comportement.
- Oh toi la mijaurée, fermes la, me rétorqua-t-il en me lançant un regard haineux. On sait très bien que ceux de ton monde idolâtrent les monstres comme mon « frère ».

A ce moment là, Sébastien lui sauta à la gorge pour lui décrocher un coup de poing dans la machoire. Valentin allait lui rendre la pareille lorsque Cat déboula sur la terrasse.

- Valentin ! Je pense que tu as assez bu pour ce soir. Bien que ca n'excuse pas la grossiéreté de tes propos et que l'on sache tous qu'il s'agit du fond de ta pensée, ca suffit. Tu n'es plus le bienvenu à la soirée. Il est temps pour toi de rentrer chez toi ! lui intima Cat.

Bien que n'ayant pas ses pouvoirs, je ne pouvais nier le charisme royal de ma cousine à ce moment là. Nous suivîmes Valentin du regard tandis qu'il se ruait dans la Grande Salle sans décolérer.

Cat me demanda si comment je me sentais. Coupable, lui répondis-je. Je ne voulais pas que, par ma faute, Valentin crée un scandale devant les invités et mette mal à l'aise ma tante et Sébastien par la même occasion.

- Ne t'en fais pas ma belle. Il en faut plus que ca pour me mettre mal à l'aise. Et il n'est pas aussi idiot qu'il en a l'air. Il ne fera pas de scandale devant ta tante.

Rentrons avant que l'on se pose des questions, me dit Cat en me prenant le coude. De toute façon, maintenant que l'on est débarrassé des intrus à notre table, on va enfin pouvoir discuter ensemble tranquillement.

Comme l'avait prédit Sébastien, la fin de soirée se déroula tranquillement, entrecoupée de nos éclats de rire, qui retentissaient dans toute la salle, vidée de ses occupants au fur et à mesure de la soirée.

Nous nous quittâmes ainsi dans la bonne humeur lorsque les derniers invités furent partis. Iris nous souhaita une bonne nuit et monta dans ses appartements. Cat, Eric et moi montâmes à notre étage. Nous étions en train de rentrer chacun dans notre chambre lorsque j'appelais Cat, affolée.

- Qu'est-ce qui se passe ? me demanda-t'elle en déboulant dans ma chambre.

Je lui montrais alors le papier que je venais de trouver derrière ma porte. Nous sursautâmes de concert en entendant des coups toqués à ma fenêtre.

- C'est Sébastien, dis-je, soulagée en allant lui ouvrir.
- J'ai senti ta peur. Qu'est-ce qui se passe ma belle ?

Je lui montrais alors le papier, tapé sur ordinateur qui disait « Ta place n'est pas ici. Tu n'as rien à faire en Libreria. Retourne d'où tu viens ou sinon… »

CHAPITRE 14

- Ma… mais, ca sort d'où ca ? bégayait Cat.
- Je n'en sais rien, j'étais en bas toute la soirée, lui répondis-je nerveusement.

Sébastien ne disait rien mais son visage parlait pour lui. Son regard n'avais plus rien de malicieux ni de charmeur. Il était dur et sévère.

Eric, nous ayant entendu, débarqua. On lui montra le papier lorsqu'il nous demanda si poursuivait la soirée.

- C'est quelqu'un qui nous connaît, c'est clair.
- Qu'est-ce qui te fait dire ca ? aboya Sébastien.

Il s'excusa aussitôt quand il vit le pauvre Eric sursauter, apeuré. Il avait tout du vampire à ce moment là. Eric nous démontra alors sa théorie. Certes, il y avait eu beaucoup de passages dans le château à cause de la soirée. Mais il fallait que ce soit quelqu'un d'habitué à la maison pour venir à notre étage. Même si les employés étaient invités eux aussi à la soirée, il pouvait toujours y avoir un risque que l'un d'eux passe par les couloirs et la personne qui avait ca devait pouvoir se justifier et donc, être un proche de la famille.

- Sauf si c'est l'un des employés justement… répondit Sébastien.
- En effet, c'est une possibilité mais je ne pense pas. Chacun d'entre eux fait partie de la maison depuis des décennies. Et aucun n'avait montré de l'animosité envers l'arrivée de Nora, dit Cat.

Sébastien nous dit qu'en effet, toutes les possibilités étaient ouvertes. Il décréta cependant qu'il ne comptait pas prendre ce message à la légère. Il décida de squatter sur mon fauteuil cette nuit. Cat fut tout de suite d'accord et en tant qu'héritière donna l'autorisation, lui indiquant même qu'on lui fournirait une chambre fermée dés que le jour se lèverait. Elle m'indiqua que, malgré son malaise, Iris gardait une chambre en bas prête en permanence pour des cas d'urgence comme celle-ci.

- Mais... je ne comprends pas. Pourquoi me défends tu de la sorte ? On se connaît à peine, lui demandai-je.
- Parce que je ressens un certain lien entre nous. Et je te promets d'être sage, me dit-il avec un clin d'œil.

Comme j'avais dit, ou plutôt pensé, plus tôt dans la soirée, j'avais confiance en lui. Je ne me l'expliquer pas mais moi aussi, je ressentais également ce lien qu'il avait cité. Et tout comme j'avais ressenti un ressentiment envers Valentin, je me sentais attirée par Sébastien. Je n'étais pas amoureuse mais, oui, un lien se créait entre nous. Je n'aurais su le définir mais tout mon être hurlait que je pouvais lui faire confiance.

Cat et Eric se retirèrent dans leur chambre après que Cat ait assuré à Sébastien qu'elle se chargeait prévenir l'équipe et qu'un serviteur viendrait le chercher le lendemain avant l'aube pour le mener jusqu'à sa chambre. On avait décidé de ne parler de ce message à Iris que le lendemain matin. Il ne servait à rien de la réveiller et de déclencher un branle-bas de combat. Pour cette nuit, ma sécurité était assurée et on pouvait se permettre d'attendre quelques heures avant de l'inquiéter.

Je me levais rapidement le lendemain matin. Bien entendu,

même si le jour était encore jeune, Sébastien n'était plus dans le fauteuil. Je ne me souvenais pas m'être endormie. On avait discuté un long moment, de tout et de rien. Nous avions appris à nous connaître un peu et cela nous avait donné la sensation de renforcer ce lien que l'on arrivait pas à s'expliquer. On était d'accord pour se dire qu'il n'avait rien d'amoureux mais existait bel et bien.
Lorsque j'arrivais dans la salle à manger, ma famille était d'ores et déjà attablée.
- Cat m'a mis au courant des événements de cette nuit. Pourquoi n'êtes vous pas venus m'en parler tout de suite ? me demanda ma tante.
- Marraine, on ne voulait pas t'inquiéter, c'est tout. Mais je t'assure que nous avons pris la mesure de la situation. D'ailleurs, où est Sébastien ?
- Ne t'inquiète pas ma puce, il dort pour le moment dans une chambre du sous-sol. Je te rassure de suite, ce n'est pas un cachot. Bien que ça soit au sous-sol, je peux t'assurer qu'il a une chambre tout ce qu'il a de plus confortable, me répondit ma tante en souriant. Je sais que je ne suis pas la plus aimable qu'il soit avec les personnes de sa « classe » mais je t'assure, je prends soin de tous. En plus, il est resté pour te venir en aide et te protéger, j'aurais vraiment été bien ingrate de le mettre dehors après le lever du soleil, tu ne crois pas ?
- Non, bien sûr, je ne le pensais pas non plus ma tante. Mais comme tu l'as dit, il est revenu et resté pour m'aider, c'est normal que je m'interroge.
- A ce sujet… j'aimerais quand même que tu m'expliques pourquoi il est revenu ? Il n'est quand même pas passé par ta fenêtre par hasard au moment où tu recevais cet ignoble courrier.

Je lui expliquais alors qu'on avait fait connaissance durant le bal et qu'on ressentait l'un et l'autre un sentiment, qui n'avait rien d'amoureux –je la rassurais immédiatement-

mais qui lui avait permis d'accéder à mes pensées et qu'il avait ressenti ma frayeur au moment de la découverte de la lettre.

Elle m'indiqua qu'elle s'occuperait de recherches à ce sujet un peu plus tard et me parla, bien évidemment de la lettre. Elle émit la même hypothèse qu'Eric, à savoir qu'il s'agissait de quelqu'un qui était proche de la famille, étant donné qu'il n'y avait, à l'heure actuelle aucun invité au Manoir. Et tout comme Cat, elle ne songeait pas non plus à un employé. Cependant, le mystère restait total. Donc, pour le moment, et pour notre sécurité, elle nous ordonna à tous les trois de rester au Manoir.   Lorsque Cat l'implora d'ôter ce confinement, sous prétexte qu'elle avait rendez vous avec Joris et Gabriel à l'Encre fleurie ce soir, ma tante nous démontra une fois de plus son ouverture d'esprit en nous autorisant à les recevoir ce soir dans un petit salon du Manoir. Elle nous informa également qu'elle s'était entretenue avec Sébastien et qu'il passerait plusieurs « jours » au Manoir.

Une fois le petit déjeuner terminé, Cat et moi nous dirigeâmes vers la bibliothèque. On profiterait ainsi de notre enfermement forcé pour découvrir Libreria autrement. Cat me parla ainsi longuement des coutumes et des différences entre les populations d'Autre-Monde et Libreria.

J'eus également un long entretien durant l'après-midi avec ma Marraine. Elle m'expliqua ainsi plus longuement quelles seraient mes responsabilités en tant que Grande Conseillère. Je l'assurais que cette idée occupait grandement mes pensées et que je lui donnerais ma décision dans très peu de temps. Je songeais sérieusement à accepter le poste mais je souhaitais me garder une petite marge de réflexion malgré tout. Je comptais également sur ce délai pour réfléchir à la situation de Double Page, ma librairie. Alfred était passé dans la journée. Il m'avait dit que Séverine gérait parfaitement la situation. Mais il n'empêche que, si je décidais de rester en Libreria, je devrais prendre une décision la concernant. Bref, le délai demandé à ma tante ne serait guère inutile.

Le repas du soir se déroula dans le calme. Sébastien nous avait rejoint entre temps et je ne pus m'empêcher de sauter dans ses bras dés que je le vis apparaître. Mon sourire s'atténua néanmoins lorsque j'aperçus l'air chagrin de ma tante. Je me doutais que Sébastien aurait droit à un sermon me concernant et ca m'embêtait.

« Ne t'en fais pas ma belle. Ta tante est inquiète, c'est normal. Nous allons rapidement trouver la nature de ce lien ». Bien entendu, il m'avait fait passer le message par télépathie pour ne pas compliquer encore plus la situation. Les invités arrivèrent durant le dessert. Max nous indiqua cependant qu'ils demandaient à voir Sébastien. Ce dernier se leva donc et alla accueillir Joris et Gabriel. Je m'interrogeais sur la situation, étant donné que Sébastien était, lui-même, considéré comme un invité. Cat me répondit – sans que j'aie posé la question à haute voix – que Gabriel était ce que ce qui rapprochait le plus du maître de Sébastien. Etant donné qu'il allait passer ses prochaines soirées avec nous, Gabriel était passé au centre de rationnement et lui avait apporté des poches de sang.

- D'accord. Par contre, rassures–moi, tu ne débarques pas, toi aussi, dans ma tête ?

« Non, rassures-toi » me répondit-elle. Elle me connaissait tout simplement et avais anticipé ma question à ma tête. Je lui rétorquais que c'était aussi bien, et qu'il y avait bien trop de monde dans ma tête en ce moment. Elle éclata de rire à cette pensée. Ce fût ce moment là que choisirent les garçons pour revenir dans la grande salle. Ils nous regardèrent comme si nous avions perdu l'esprit car tous rigolaient autour de la table.

Iris se leva et nous souhaita une bonne soirée tout en souhaitant la bienvenue à Joris et Gabriel.

Cat, désignée comme la maîtresse de maison, fit donc les présentations.

Je ne pus m'empêcher de sourire lorsqu'elle me présenta Joris. Cat lui demanda directement où étais Flocon, sa licorne domestique.

- Elle est restée à la maison. Vu la situation, je trouvais délicat de venir avec.
- Tu as eu raison, lui répondit Cat. Même si ma mère a donné son accord, nous connaissons tous la situation, inutile de l'envenimer plus même si elle adore les animaux.

C'est alors qu'elle me présenta Gabriel. Et à ce moment-là, je sentis des ailes me poussaient dans le dos. Je ne compris rien à ce qu'il se passait. A un moment, ma vision fut totalement éblouie, autant que si j'avais le soleil en plein dans les yeux. L'instant d'après, je me retrouvais dans le noir complet et me sentis m'évanouir.

CHAPITRE 15

Tandis que je revenais tant bien que mal à moi, je vis tout le monde à quelques mètres de mon lit. Je les entendais se chamailler plutôt.

- Mais ce n'est pas possible ! Elle n'est pas des vôtres. Tu dois te tromper Sébastien.

Je n'arrivais pas à savoir si sa voix reflétait de l'inquiétude ou de la colère. Un peu des deux probablement.

- Je sais bien ma Reine. Mais il n'y a pas d'autre possibilité. Je ne comprends pas non plus. Cela devrait, il est vrai, être impossible justement parce que Nora ne fait pas partie des nôtres. Je vais, si vous le permettez prendre des nouvelles de Gabriel et tenter d'éclaircir cette situation.

Je le vis incliner la tête lorsque ma tante lui donna son accord avant de prendre congé. N'ayant que très peu vu ma tante en dehors du cercle familial, j'avais encore un peu de mal à la positionner en tant que Reine.

Ce que je ne comprenais pas non plus, c'est le sursaut de mon cœur lorsque Sébastien avait mentionné son ami.

- Arrêtez... crier... plait.

J'avais tenté de parler. Cependant, j'avais l'impression qu'on avait passé ma gorge au papier de verre. Je vis aussitôt Cat à mes côtés en train de me tendre un verre d'eau que je bus d'un trait.

- Comment tu vas ma chérie ? me demanda Iris d'un ton que j'identifiais clairement comme inquiet cette fois-ci.

- Ca va… je crois… Mais est ce que quelqu'un peut m'expliquer, sans crier s'il vous plait, ce qu'il s'est passé ?

Cat prit alors la parole. C'était d'ailleurs d'une ironie sans nom que ca soit elle qui tente de m'exposer la situation calmement tandis que je voyais ma tante qui était tendue et nerveuse.

Elle m'expliqua alors que j'étais tombée dans les pommes (*merci bien, j'étais au courant*) lorsque Sébastien m'avait présenté Gabriel. Elle me raconta alors qu'au même moment, Gabriel aussi était tombé dans les vapes. Je me relevais alors d'un seul coup, sentant mon cœur s'emballer d'inquiétude.
- C'est vrai ? Comment il va ? Il va bien ? Cat ! Dis moi !!!

Elle me fit un petit sourire en coin, légèrement crispé.
- Joris est avec lui et Sébastien est parti aux nouvelles. Lorsqu'on vous a allongé, Sébastien a préféré rester avec toi. Gabriel est un vampire, il est plus solide que toi.
- Il est peut être plus solide mais pourquoi alors s'est-il évanoui ?

« C'est là que Sébastien a une théorie, me dit Iris, mais qui ne tient absolument pas la route »
- Laquelle ?

Elle me répondit alors, toujours aussi nerveuse, que d'après Sébastien, Gabriel serait mon Ame-sœur, le lien se mettant en place au premier regard. Cependant, ce que personne ne comprenait, c'était que ce lien ne se mettait en place qu'entre personnes ayant la même nature. N'étant pas une vampire, le lien n'aurait jamais dû se mettre en place. Mais Sébastien disait qu'il n'y avait pas d'autre explication.

Je la regardais en souriant avant de lui demander si ce n'était pas Arthur Conan Doyle qui avait dit « Lorsque vous avez éliminé l'impossible, ce qui reste, si improbable soit-il,

est nécessairement la vérité » ?
Elle secoua la tête et la main, comme pour balayer ma question.
- Oh, ce n'est pas le moment Nora. C'est inquiétant et le fait que personne ne comprenne ce qui se passe n'est pas rassurant.

Je tentais alors de la calmer car je voyais qu'elle était dans tous ces états.
- Procédons avec méthode ma tante. Quelles seraient les conséquences si c'était effectivement ce lien qui s'était mis en place ?

Elle m'expliqua alors que ce lien ressemblait au coup de foudre humain. Mais les deux personnes étaient liées pour la vie. Lorsque l'un des deux mourrait, l'autre se laisser alors mourir également. Elle m'avoua alors que sa plus grande crainte, du fait que je sois humaine, soit que Gabriel veuille me transformer afin de ne pas me perdre et perdre la vie dans quelques dizaines d'années.

« Jamais ! Jamais je ne ferais ca. Je vous le jure sur mon honneur ! » déclara Gabriel, qui venait d'entrer et qui avait tout entendu depuis le seuil de la porte. Il s'approcha de nous et s'agenouilla devant Iris. « Ma Reine, je vous promets de ne jamais mettre Nora en danger. Bien que je ne m'explique pas ce phénomène aussi inattendu qu'inhabituel, je vous promets de prendre soin de Nora et si je dois mourir dans quelques dizaines d'années, qu'il en soit ainsi.
- Bonjour Gabriel. Je suis heureuse de te voir debout également. Ainsi donc, tu penses comme Sébastien qu'il s'agit du lien d'Ames-sœurs, bien que Nora soit humaine ?
- Oui. Je n'en saisis pas la raison mais oui, je pense qu'elle est mon Ame-sœur. Sébastien m'a rapporté qu'ils avaient également un lien, bien que non amoureux. Mais ce lien semble

étrange malgré tout. Je pense pouvoir affirmer que Nora posséde un lien très fort avec Libreria et un lien particulier avec les vampires. Il m'a rapporté également vos frayeurs. Sachez que je n'ai absolument rien à cacher. Si vous le désirez, vous pouvez me poser toutes les questions que vous souhaiterez. J'y répondrais aussi franchement que possible.
- Je te remercie de ta franchise Gabriel. Je t'avoue que pour ce soir, les évènements ont raison de moi. Je vais aller me reposer et tenter de mettre mes idées au clair. Je vous laisse, comme il était prévu, passer la soirée entre vous. Mais je souhaite avoir un entretien avec Sébastien et toi demain soir. Je suppose qu'il faut que je fasse préparer une deuxième chambre au sous-sol ?
- Je vous en serais reconnaissant ma Reine. Je me présenterais, ainsi que Sébastien, demain, dés le coucher du soleil.

A peine ma tante sortie, Gabriel s'agenouilla au pied de mon lit, où j'étais toujours couchée.
- Bonsoir Nora. Les présentations n'ont pas été telles que je les aurais imaginées mais c'est un plaisir de faire ta connaissance, me dit-il en me souriant d'un air malicieux.

Mon cœur se remit à faire des bonds.
- Calme toi ma douce. Je suis là et j'y resterais un long moment.
- Comm... comment sais tu ? réussis-je à bégayer.

Sébastien, qui était arrivé sans qu'aucun de nous ne l'entende, éclata de rire.
- Mon pauvre Gab, tu n'en as pas fini. Notre petite Eno est la pire des enquêtrices. Attends-toi à une série interminable de questions...
- Oh ! P'tit con va ! Je trouve que ma réaction est plutôt normale. Je vous rappelle que jusqu'à peu, je croyais que vous étiez des personnages fantastiques qui n'existaient pas dans la vie réelle, m'insurgeai-je.

Gabriel me rassura. En effet, ma réaction était normale. Il m'informa qu'il avait entendu mon cœur s'emballer. C'était l'un des effets des « Ames-sœurs ». Il me dit également que lui aussi pourrait me parler par télépathie mais il attendait quelques jours avant de mettre ce nouveau lien en place. Il voulait me laisser le temps de me remettre de mes émotions et il me dit qu'en toute franchise, il se doutait qu'une tempête s'abattait dans ma tête et il reconnaissait qu'il n'était pas prêt à absorber toutes ces émotions. Il préférait donc attendre un peu et me laisser assimiler toutes ces informations. Il préféra m'informer également que durant quelques semaines, tout éloignement de l'autre serait difficile à supporter. Autant dire que les séjours en Autre-Monde étaient suspendus car trop pénibles, que ca soit pour lui ou pour moi. Ce fut lorsqu'il me parla de cela que je pris ma décision ferme. Certes, elle était prise depuis plusieurs jours mais la situation ne faisait que me confortait dans mon choix.

- Cat, Eric, je souhaitais vous informer de ma décision en priorité. Je l'ai prise il y a plusieurs jours mais je préférais attendre d'en être sûre. Maintenant, je lui suis. Je l'annoncerais à Marraine demain matin. Elle a déjà eu suffisamment d'émotions pour ce soir. Je vais rester en Libreria. Il n'y a que la librairie pour me retenir en Autre-Monde. Je réfléchirais et je la vendrais sûrement dans quelques temps.
- La vendre ? Tu es sûre ? me demanda Cat.
- Oui, je pense. Si je reste en Libreria, je ne pourrais plus m'en occuper.

C'est alors qu'Eric nous surpris tous en prenant la parole. Il parlait rarement sérieusement mais cette fois-ci, on sentait le sérieux dans sa voix.

- Et si tu nommais quelqu'un pour assurer la gérance ? Nous savons tous qu'il s'agit de ton bébé. Si tu le souhaites, je me

propose. Je sais que j'apparais souvent comme un p'tit con me dit-il en reprenant l'expression que j'avais balancé tout à l'heure. Mais ca serait un véritable plaisir pour moi.
- Eh bien écoute Eric, je te remercie beaucoup pour ta proposition. Je préfère cependant te demander quelques jours de réflexion. Il faut, en plus, que j'en parle avec Iris. Je ne peux pas l'accepter comme ca. Je suis sûre que tu comprends.
- Oui, c'est sûr et bien évidemment que je te laisse y réfléchir.

Sur ces sages paroles, il reprit son caractère juvénile en nous proposant des chocolats chauds.
- Excellente idée mais à une condition, l'interrompis Joris. Si il y a des chocolats chauds, je réclame des chamallows avec !
- Evidemment, ca va ensemble…

Les garçons éclatèrent de rire à notre réponse simultanée à Cat et moi et partirent sur-le-champ nous chercher nos douceurs.

Nous passâmes ainsi la soirée à discuter de tout et rien mais surtout de sujets légers. Nous en avions en effet bien besoin. Malgré nos rires, nous sentions tous que nous entrions dans une période qui s'avérerait difficile pour tous.

CHAPITRE 16

Je me réveillais doucement en me demandant comment j'avais pu finir dans les bras de Cat alors que je me souvenais m'être endormie dans la chaleur des bras de Gabriel. Cat s'était invitée elle-même dans ma chambre et avait donc dormi avec moi. Gabriel et Sébastien avaient également passé la nuit avec nous. Lorsque Gabriel avait été mis au courant de la menace reçue le soir du bal, il s'était crispé encore plus que Sébastien. Ils avaient donc décidé d'assurer notre sécurité la nuit durant. Ils étaient partis se coucher au premier rayon de soleil. Pendant ce temps, Joris avait mis à profit la nuit pour retourner au « Sang d'encre ». Ils m'expliquèrent qu'il s'agissait du quartier général des vampires. C'était un bar du quartier « Dracula » où les vampires se retrouvaient généralement le soir venu. Même si d'autres créatures fantastiques le fréquentaient, ils restaient la clientèle majoritaire. Joris avait dans l'idée de poser des questions aux plus anciens d'entre eux. Peut être pourraient-ils nous aider à comprendre les liens qui me rattachaient à Sébastien et Gabriel. Ce dernier avait bien un peu grogné lorsque nous lui avions présenté notre relation. Il s'était cependant fait tout petit lorsque je lui avais dit que, bien que je sois en couple avec lui, ce n'était certainement pas un gars, tout vampire qu'il était, qui m'empêcherait de voir mes amis et que s'il avait l'intention de diriger ma vie, il était mal barré. Sébastien s'est d'ailleurs pris une tape derrière la tête lorsqu'il a tenté de se moquer de lui, en lui précisant que ce que j'avais dit à Gabriel était valable pour lui également.

Ainsi, après m'être extraite des bras de Cat, en la réveillant au passage, nous nous levâmes rapidement. Le programme de la journée était chargé. Nous nous étions mis d'accord avec les garçons pour rester au Manoir durant la journée. Nous profiterions de ce temps pour effectuer des recherches à la bibliothèque. Ce n'était pas que ce lien me dérangeait mais j'aimais comprendre les choses. Je savais aussi qu'il inquiétait ma tante. Il faudrait que j'aie une conversation avec elle en tête à tête et de préférence avant la fin de la journée.

Nous prîmes le petit déjeuner dans une ambiance étrangement calme. Ma tante m'informa qu'elle avait fait préparer une chambre pour Gabriel, tout en me demandant de ne pas y descendre durant la journée et d'attendre qu'il sorte de sa chambre de lui-même. Je ne comprenais décidément pas son attitude vis-à-vis des vampires. Elle m'expliqua alors que bien que les vampires dorment durant la journée, ils étaient plutôt dans un état d'inconscience. Cependant, il était dangereux de les approcher. En effet, leur inconscient restait malgré tout sur ses gardes et si on essayait de les surprendre pendant leur sommeil, ils perdaient leurs repères et pouvaient se croire attaqués. Ils répondaient donc en conséquence. Je compris son inquiétude et lui assurais que je n'irais pas. J'en profitais également pour lui demander de m'accorder un moment dans l'après-midi pour discuter avec elle. Cat tenta de me demander si je souhaiter lui faire part de ma décision mais un regard noir de ma part la réduisit au silence. Ma tante me demanda aussitôt ce qu'il se passait, vu que Cat avait réussi à commencer sa phrase. Je lui dis qu'il n'y avait rien de grave, je souhaitais simplement avoir une discussion avec elle, seule. J'appuyais sur ce dernier mot pour faire comprendre à Cat que je ne souhaitais pas qu'elle se mêle à la conversation.

Après le petit-déjeuner, Cat et moi montâmes à la bibliothèque afin d'entamer nos recherches. Ce ne fut qu'au bout d'une heure de recherche silencieuse que je me rendis compte que Cat boudait dans son coin. Je la connaissais bien, lorsque je vis qu'elle marmonnait dans son coin, je me rendis compte qu'elle m'en voulait de l'avoir fait taire. Mais en même temps, j'avais de la suite dans les idées et je savais comment la dérider. Je lui balançais alors une boulette de papier et réussis à la toucher à la tempe.

- Désolée, je n'avais pas d'oreiller sous la main, lui dis-je en rigolant.
- Humpffff
- Rhooo, allez ! la houspillai-je. Tu sais très bien que ce n'était pas contre toi. Mais tu sais que je voulais lui parler de tout ca en privé.
- Mouais, c'est vrai, reconnut-elle. Je suis désolée. Bon, on se remet au boulot ?
- Oui, avant que je ne sois obligée de te mettre une tarte derrière la tête comme aux garçons, la menaçai-je en riant.

On se mit à rire toutes les deux au souvenir des baffes qu'ils s'étaient pris. Elle me raconta qu'elle s'était crispée quand elle avait vu leur tête mais leur petit air contrit l'avait enchantée. Ils avaient bien compris que vampire ou non, ils étaient en Libreria et ne pouvaient pas grand-chose contre nous.

En début d'après-midi, je montai voir ma tante, sans beaucoup plus d'informations susceptibles de la rassurer. Les cas que nous avions trouvé étaient rares, très rares même.

Je la remerciai tout d'abord de me recevoir. Je lui annonçai également ma décision de rester en Libreria. Elle en fut plus qu'heureuse. Je lui demandai cependant de m'accorder un délai quant à une éventuelle prise de poste de Grande Conseillère. Comme l'avait prédit Alfred, ma vie avait été chamboulée et elle comprenait totalement mon besoin d'adaptation. Je lui parlai également de la proposition d'Eric concernant ma librairie. Bien que d'accord, elle me demanda à son tour un délai de réflexion, principalement pour laisser à Eric le temps de confirmer sa décision.

Malgré les bonnes nouvelles que je lui apportais, je vis son sourire s'éteindre lorsque nous en arrivâmes au sujet des vampires. Elle reconnaissait que sa peur était irrationnelle et reposait principalement sur une méconnaissance de leur race, sans oublier qu'à l'époque de sa jeunesse, de nombreuses histoires circulaient sur leur compte et ils étaient les croques-mitaines, destinés à effrayer les enfants. Je lui parlai alors de mon intuition, lors du bal, concernant Sébastien, vers qui je m'étais sentie attirée tandis que Valentin, qui était humain, m'avait effrayée et rendue méfiante à son égard. Elle me confia alors qu'elle non plus, n'avait aucune confiance en Valentin, de même que sa confiance envers Isabelle, la mère de Valentin et de Sébastien, s'était égrenée. Cela expliquait également sa méfiance envers Sébastien, sans oublier le vampire qui l'avait transformé. Elle me parla alors de Kornak. Il s'agissait d'un vampire solitaire, extrêmement violent. Seule son habileté et sa connaissance sans faille de Libreria lui avait permis de conserver sa liberté. Le dossier contre lui était lourd et le nombre de ses victimes, méconnu. Car peu d'entre eux osaient en parler et encore moins s'en plaindre par peur de représailles.

Je lui assurai que Sébastien n'avait aucun point commun avec son frère ou son créateur et lui demandai de me faire confiance et de lui accorder une seconde chance. Au vu des circonstances, elle était prête à faire cet effort et à mieux les connaître.

Ce fut sur toutes ces belles résolutions que nous décidâmes de descendre au salon. Cat et Eric nous y rejoignirent. De fait, nous penetrâmes tous en même temps dans le salon, les garçons arrivant par la porte opposée. Joris les avait précédemment rejoints. Il en profita pour me présenter Elena, sa petite-amie. Ils étaient également accompagnés de Flocon. Ma tante éclata de rire en constatant qu'il s'agissait d'une licorne. Elle, qui adorait les animaux, craqua complètement sur cette petite boule de poils blanche. Et Cat n'avait pas menti sur son attitude face aux chats. Ils avaient tous décidé de nous rejoindre ce soir. Tandis que je caressais Flocon, Léo s'était approprié les genoux de Gabriel. J'en profitais pour lui faire remarquer que Léo était encore plus caractériel que moi et qu'avec lui, il aurait encore moins son mot à dire qu'avec moi. L'éclat de rire que l'on entendit couta à Sébastien une autre tape derrière la tête lorsque ce dernier commença à plaindre Gabriel. Iris sursauta lorsqu'elle me vit faire mais se détendit aussi vite lorsqu'elle constata que les garçons riaient avec nous. Elle leur fit alors remarquer qu'ils avaient tout intérêt à se tenir à carreaux parce que j'allais les mener par le bout du nez. Je baissai le nez et commençai à rougir lorsque mes « ptits cons » lui affirmèrent d'une seule voix que cela ne les déranger absolument pas. Une bouffée d'amour m'envahit. J'avais réellement trouvé MA famille.

Joris toussota pour se rappeler à notre souvenir. Il nous informa alors du résultat de ses recherches, qui étaient aussi maigres que les nôtres. Les cas étaient extrêmement rares. Il hésita à nous dire que beaucoup s'étaient terminé par une morsure de l'humain. Cependant, une ancienne vampire avait expliqué que les raisons n'en étaient pas forcément claires sur le moment mais pouvait surgir plus tard.

Ce fut lorsque nous allions, une fois de plus, assurer à ma tante que Gabriel ne me transformerait pas que Bertrand, le majordome, débarqua dans le salon. Il s'agenouilla devant ma tante en lui annonçant qu'une jeune femme, dans un piteux état, demandait à être reçue de toute urgence. Lorsqu'elle demanda à Bertrand de qui il s'agissait, il nous répliqua qu'elle disait s'appelait Cassandre mais qu'elle lui avait demandé de préciser à la Reine que son prénom était Vanessa à sa naissance.

A la mention de ce prénom, nous nous mîmes toutes les trois à courir vers le hall. Les garçons étaient parvenus à nous suivre grâce à leur vitesse vampirique, bien qu'ils soient surpris par notre départ en flèche.

CHAPITRE 17

En arrivant dans le hall, nous fûmes consternées par la triste vision que nous avions devant les yeux. Comme nous l'avait dit Bertrand, la jeune fille était dans un bien piteux état. Elle s'était recroquevillée par terre, sale, les cheveux emmêlés et avec de nombreuses traces de sang sur ses vêtements. Elle éclata en sanglot en apercevant Iris avant de se mettre à genoux devant elle. Cependant, elle aperçut les garçons restés en retrait derrière nous et se mit à hurler. Elle paraissait terrorisée en les voyant. Ma tante, une fois la surprise passée, demanda aux garçons de sortir du hall. Ils se jetèrent un regard inquiet mais obéirent tout de suite.
- Là, là… c'est fini, lui dit calmement ma tante et en s'approchant doucement afin de ne pas l'effrayer davantage.

Les paroles douces d'Iris parurent la calmer. Nous attendîmes patiemment que les sanglots se calment. Elle lui expliqua alors, que Clothilde allait la mener jusqu'à une salle d'eau pour qu'elle puisse se laver et se calmer un peu. Elle lui demanda seulement si son problème avait un rapport avec les vampires. Vanessa secoua énergiquement la tête de haut en bas avant de se laisser emmener.
Nous rejoignîmes toutes les trois les garçons qui étaient partis nous attendre dans le petit salon.
Iris leur exposa alors la situation. Elle leur demanda donc de rester dans le petit salon jusqu'à ce qu'elle en sache plus sur le problème de notre jeune blessée. En effet, sa terreur ne

me paraissait pas feinte et nous ne pourrions rien en tirer de plus si elle était effrayée par la présence de Gabriel et Sébastien, qui dégageaient à eux deux un charisme qui effraierait n'importe qui.

Lorsqu'elle fut propre et soignée, elle nous rejoignit donc dans le petit salon, les garçons ayant préféré se retirer dans ma chambre à l'étage. Je sus dés le moment où elle passa la porte qu'il s'agissait de ma sœur. Nous ne pouvions pas nous tromper. Elle avait les yeux de mon père et j'y retrouvais instantanément sa bienveillance. Elle s'agenouilla immédiatement devant Iris qui la releva doucement. Elle jeta malgré tout un regard apeuré autour d'elle, sans doute cherchait-elle les garçons.

- Ne t'en fais pas, Vanessa. Les garçons, bien que je puisse me porter garante de leur bienveillance, se sont éloignés. Si tu nous racontais plutôt ce qu'il t'est arrivé et ce qui t'as mené au Manoir.
- Je… je suis désolée si je les ai offensés, je ne voulais pas.
- Offensés ? Non, bien sûr. Ils ont bien compris que leur nature t'avait effrayée et ils ne voulaient pas te faire davantage peur.
- Bien, laissons les garçons de côté et raconte nous ce qu'il s'est passé.
- J'étais partie manger chez mes parents, comme je le fais deux fois par semaine. D'un seul coup, on a toqué à la porte. Mon père est parti voir qui était là. J'ai tout de suite compris qu'il y avait un problème. Son teint avait pris la couleur cendre et il a simplement hoché la tête vers ma mère qui a paniqué et qui m'a immédiatement fais descendre dans notre réserve du sous-sol en me faisant promettre de n'en sortir sous aucun prétexte et de venir vous trouver pour vous demander votre protection en vous indiquant le prénom qui m'avait été donné par ma mère avant son abandon.
- Tu étais donc au courant de ton adoption ?
- Oui, je savais que j'étais adoptée. Hélène et Vincent, mes

parents, me l'ont dit dés que j'ai été en âge de le comprendre. Ils ont, par contre, toujours refusé de me dire qui étaient mes parents naturels. Un jour, on s'est terriblement disputés à ce sujet et ma mère m'a dit que c'était pour ma sécurité, que cela me mettrait en danger de le savoir. Mais c'est elle, n'est-ce pas ? C'est Regina qui m'a mise au monde ?
- En effet, lui répondit une Iris totalement abattue.
- Et mon père, vous le connaissez ?
- Oui, et je te promets que je te raconterais tout. Cependant, j'aimerais que tu me racontes le reste. Mais je te jure sur ce que j'ai de plus sacré que je répondrais à toutes tes questions par la suite. Ma filleule ici présente pourra te le confirmer.

C'est alors que nos regards se croisèrent pour la première fois et que, sans un mot, elle me sauta dans les bras. Nous nous étions reconnues dans le silence.
Elle poursuivit son récit, assise à mes côtés, sans me lâcher la main.
- Le reste, je l'ai entendu. J'ai entendu une femme hurlait qu'elle venait récupérer sa fille. Qu'il était l'heure que sa fille la rejoigne. Ma mère a hurlé que ca n'arriverait jamais. L'autre femme, je suis à peu prés sûre qu'il s'agissait de Regina, a lancé un éclair en direction de ma mère qui l'a tuée sur le coup. Je me suis retenue d'hurler et de lui foncer dessus. A ce moment là, l'homme qui se trouvait avec elle a sauté à la gorge de mon père. Il a essayé de lui extraire l'information. Lorsque mon père a refusé, cette ordure a plongé ses crocs dans son cou et l'a vidé entièrement de son sang. Ils sont partis juste après. Regina fulminait tandis que le vampire riait aux éclats et la remerciait pour le repas gratuit qu'elle lui avait fourni. J'ai attendu pour être sûre qu'ils étaient bien partis et je suis sortie de ma cachette. J'ai tenté de voir si je pouvais encore faire quelque chose pour sauver mes parents. Je n'y pouvais plus rien malheureusement. Je suis restée un bon moment à les pleurer puis je me suis souvenue de la pro-

messe que j'avais faite à ma mère. Je suis donc venue au Manoir aussi vite que j'ai pu.

Des larmes coulaient silencieusement le long des joues. Elle sursauta en voyant les garçons sur le pas de la porte. Moi-même je me retins d'hurler en voyant le regard de Gabriel. Sa véritable nature ressortait par son regard mais je savais que ce n'était pas après nous qu'il en avait. Je serrais d'autant plus Vanessa dans mes bras pour la rassurer. Heureusement, Sébastien s'aperçût de sa frayeur et serra le bras de Gabriel pour le sommer de se reprendre. Gabriel nous regarda et son regard repris immédiatement sa couleur turquoise. Il s'excusa auprès de Vanessa et lui expliqua que bien au contraire, sa colère était dirigée vers Kornak, car il était convaincu que c'était lui, le monstre qui s'était associé avec Regina et qui avait tué ses parents. Ils lui demandèrent l'autorisation de nous rejoindre dans le salon. Ce ne fût qu'après que je lui eut promis qu'elle ne risquait rien et qu'elle était en sécurité qu'elle accepta. Ils restèrent à bonne distance et même si je voyais que Gabriel souffrait de ne pouvoir me prendre dans ses bras pour me rassurer, je lui en fus reconnaissante. Ma sœur avait besoin de moi et c'était tout ce qui comptait pour le moment. Nous fîmes les présentations. Lorsque je présentai ma sœur en l'appelant Vanessa, elle bondit.
- Non ! C'est Cassandre mon nom. Je ne veux pas entendre le prénom que ce monstre avait choisi.

Elle se rassit aussitôt en s'excusant – comme si c'était nécessaire- mais nous dit qu'elle s'était toujours appelée Cassandre. Elle nous parla ensuite de ses parents, qui l'avaient aimé infiniment et peut être encore plus que si elle avait été leur fille naturelle.

Lorsqu'Iris proposa de faire préparer une chambre pour Va... Cassandre, c'est moi qui m'interposai en lui demandant l'autorisation de la laisser dormir avec moi. Elle accepta et promit même de faire amener un matelas supplémentaire pour Cat. Ma chambre était en train de devenir un véritable camp de vacances pour ados. Heureusement qu'elle était grande, parce qu'en plus de nous trois, Gabriel et Sébastien avaient déclaré qu'il était hors de question de nous laisser toutes les trois sans protection. Ils s'installeraient dans les fauteuils étant donné qu'ils ne dormaient pas. Seuls Eric, qui dormirait dans sa propre chambre et Joris, qui rejoindrait Elena au « Sang d'encre » ne passeraient pas la nuit avec nous.

A peine avait elle posé la tête sur l'oreiller que Cassandre s'endormait et rejoignait un monde qui, je l'espérais, serait un doux refuge pour elle.

CHAPITRE 18

Eric vint nous réveiller en chuchotant pour nous demander de rejoindre tout le groupe en bas, dans la chambre des garçons. Nous décidâmes de laisser dormir Cassandre, qui avait bien besoin de repos.
Nous descendîmes donc sur la pointe des pieds. Je fus d'autant plus surprise de constater que les garçons étaient encore éveillés malgré le lever du jour.

- Ah ah, ne t'inquiètes pas ma douce. Au bout de quelques siècles et bien que le soleil me soit fatal, je peux être éveillé malgré tout. Même le petit Sébastien peut tenir encore une heure ou deux avant de s'écrouler.
- Grumphhhhh. Bah autant te prévenir, même si toi, tu es réveillé, moi, je n'ai pas encore pris mon café. Donc, me cherche pas trop si tu veux pas une tarte. P'tit con va !
- Je confirme, rigola Cat. Ta « douce » moitié peut être un vrai pitbull tant qu'elle n'a pas pris son premier café.

C'est sur ces paroles de ma meilleure amie qu'Eric débarqua dans la chambre, accompagné d'Iris et d'un plateau rempli de croissants et d'une cafetière qui diffusait son doux fumet jusque dans mes narines.

- Mon sauveur ! Merci Eric.

Gabriel se renfrogna à ces paroles et ne dis rien mais vint s'asseoir derrière moi en m'enserrant tendrement la taille. Aaah, les mecs !
Bien, maintenant que Nora a eu son café, on va peut être

pouvoir commencer... Je vous ai réuni ce matin pour que les garçons puissent participer. Leur relation avec Nora les inscrit d'office sur la liste des invités.
- Des invités ? s'interrogea Cat
- Oui, des invités. Nora, je sais que tu souhaitais avoir quelques jours de réflexion mais je suis obligée de te poser la question. Acceptes-tu de devenir Grande Conseillère ?
- Qu.. quoi ? Mais pourquoi tant de hâte Marraine ?
- Pour la simple et bonne raison qu'il s'agit de te protéger.

Elle nous expliqua alors que mes pouvoirs se déclencheraient lors de mon entrée en fonction. Il était clair que Regina était de retour et qu'elle ne tarderait pas à vouloir s'en prendre à moi. Au moins, si j'étais Grande Conseillère, mes pouvoirs me seraient d'une aide précieuse. Sans oublier la présence de Cassandre au Manoir, ce qui amenait ma tante à penser que l'attaque de Regina n'était plus qu'une question de jours. Elle souhaitait donc me protéger le plus rapidement possible. Elle s'excusa en nous précisant qu'en temps normal, la cérémonie serait grandiose mais dans les circonstances actuelles, elle pensait la limiter au cercle familial, une grande annonce serait faite dans les prochains jours.
- Bien, je comprends. Et même si j'aurais souhaité peaufiner ma décision, je suis d'accord.

Tous poussèrent un soupir de soulagement à cette annonce.
- Bien. Nous organiserons donc cela ce soir, au coucher du soleil.
- C.. ce soir ? bégayai-je.
- Oui, ce soir. Le plus tôt sera le mieux. Comme je te l'ai dit, je serais plus rassurée de te savoir en possession de tes pouvoirs. Nous aurons le temps dans les jours qui viennent de t'apprendre à t'en servir. Cela ne sert à rien de commencer

à t'apprendre tant que nous ne savons pas si ce sont des pouvoirs défensifs ou offensifs.

Nous quittâmes ensuite les garçons afin qu'ils puissent se reposer tandis que nous montions pour préparer la cérémonie. Autant vous dire que le stress monta au fur et à mesure que la journée avançait. Ma tante eut tout de même pitié de moi en me laissant porter un pantalon tailleur pour l'occasion. Elle me laissa même le choix de la couleur que je porterais. Je choisis aussi un ensemble vert émeraude. Au moment où les derniers rayons de soleil disparaissaient à l'horizon, je m'étais transformée en véritable boule de nerfs, d'autant que j'avais ingurgité une quantité phénoménale de café tout au long de la journée.

C'est ainsi que je sursautai et décollai une gifle mémorable à Gabriel lorsque ce p'tit con s'était amusé à m'attraper par la taille en arrivant à pas de loup derrière moi. Il se caressa la joue, là où apparaissait l'empreinte rouge de ma main.

- Une vraie tigresse dit moi, me dit-il en souriant.
- Oh je suis désolée. J'étais moi-même devenue rouge comme une écrevisse, ne sachant plus où me cacher. Tu m'as surprise et je suis nerveuse, c'est un réflexe. Je suis désolée !!!
- Ne t'en fais pas. Je saurais à présent qu'il n'est pas bon de te taquiner lorsque tu es nerveuse. Mais d'abord, dis moi, pourquoi es tu nerveuse à ce point là ? Tu as des doutes sur ta décision ?
- Non, non, soupirai-je en m'essayant sur ses genoux. C'est simplement que je n'aime pas me retrouver au centre de l'attention et que, même si je sais qu'Iris ne me lâchera pas, ca reste une lourde tâche et je ne sais pas si je serais à la hauteur.
- Bien sûr que tu le seras ! Si Iris te l'a demandé, ce n'est pas uniquement pour les pouvoirs qu'ils te confèrent mais parce qu'elle sait que tu es faite pour ce poste.

Bien que n'y croyant qu'à moitié, je le remerciais pour son

soutien, souffla un coup histoire de m'apaiser, puis nous descendîmes dans la Grande salle de bal. Bien qu'en cercle restreint, ma tante avait tenu à respecter la tradition du lieu.

Elle commença alors un discours, dans lequel je me perdis. Je n'arrivais pas à me concentrer. Une boule au ventre m'avait assaillie et je ne parvenais pas à me débarrasser de cette intuition qui me soufflait la prudence. Je sursautai lorsqu'elle me demanda si j'acceptai la charge de Grande Conseillère ainsi que les devoirs qui l'accompagnait.

Je soufflais un « oui » du bout des lèvres tandis que je vis alors une bulle verte qui se diriger vers moi. Ma tante m'avait expliqué le déroulement de la cérémonie et je savais donc qu'il s'agissait de mes pouvoirs. Ils seraient donc défensifs. J'aperçus le regard soulagé de ma marraine.

Une porte claqua au moment même où je sentis la bulle pénétrait en moi, au niveau du cœur. Nous sursautâmes tous lorsque nous aperçûmes le groupe qui se dirigeait vers nous. Il s'agissait de Regina. Non seulement elle, mais elle était accompagnée et je vis ma tante se décomposer lorsqu'elle reconnut ses soutiens.

- Isabelle ! Comment oses-tu ? Après toutes ces années…
- Après toutes ces années, comme tu dis. Si tu savais le nombre de fois où j'ai dû me retenir. Tu es faible, Iris, tout comme l'était ta mère.

Bien évidemment, à ses côtés se trouvaient Valentin. Je savais que ce petit cafard était malfaisant. Il me regarda avec un sourire qui me fit frissonner.

Nous entendîmes le hoquet de Cassandre. A son regard, je compris que le second homme qui accompagnait Regina était Kornak.

Sans qu'Iris n'ait eu besoin de dire un seul mot, les garçons s'étaient approché et nous encadraient. Regina lança alors une première salve de sorts. Malheureusement, et contrairement aux projets de ma tante, mes pouvoirs ne me serviraient à rien. Je n'avais pas eu le temps d'apprendre à maîtriser le moindre sort. Cependant, ma tante répliqua et la bataille commença entre elles deux.

Isabelle s'était jetée sur nous et avait tenté de nous attaquer. Iris l'avait envoyé valser contre le mur et elle s'était évanouie. Du sang s'échappait de sa tempe mais personne ne songeait à l'approcher. Sébastien avait quitté le mur de protection devant nous pour se jeter sur son frère. Il comptait bien lui faire payer sa traîtrise et ajouter par-dessus ces dernières années où Valentin l'avait diminué et traité de monstre. Il tenta de lui décrocher un coup de poing dans la mâchoire mais il se retrouva par terre lorsque Valentin lui coupa le souffle avec un coup dans le ventre.

- Ah ah ah ! Bah alors frangin, qu'est ce qui t'arrive ? Des fois que tu te poserais la question, Kornak m'a « préparé » pour la bataille.

Ainsi, il avait ingurgité du sang de vampire. Sébastien vit alors rouge. Sa nature de vampire, entière pour sa part, refit surface et ses yeux devinrent noirs comme la nuit. Il parvint à attraper son frère et à lui planter les crocs dans l'omoplate. On entendit le déchirement de la peau. Sébastien rejeta le corps inerte de son frère après lui avoir tordu la tête.

- On n'est jamais assez sûr. Au moins, il ne reviendra plus lui, me dit-il en revenant vers notre groupe.

Ce fut alors que je sombrais dans un véritable cauchemar. Je vis Sébastien, Gabriel et Joris s'immobiliser et je sentis le regard démoniaque de Kornak sur moi.

Il s'approcha doucement de moi, en étirant le sourire le plus horrible et le plus effrayant que j'aie jamais vu. D'un saut, il fut sur moi. Je sentais ses canines sur mon épaule.

- Inutile de crier, me sussura-t'il à l'oreille. Ton chevalier servant ne peut rien pour toi.

J'aperçus toute la frayeur dans le regard de Gabriel. Il était impuissant. Kornak l'avait immobilisé grâce à sa puissance mentale, ainsi que Sébastien et Joris. Je vis des larmes de rage couler sur leurs joues. C'est alors que je sentis les crocs de Kornak dans mon cou. Il se delecta à me vider de mon sang. Je me sentis partir petit à petit. Il m'avait eu.

Je n'eus que le temps de sentir du liquide dans ma bouche. Ma dernière vision fut les larmes roses qui coulaient sur les joues de Gabriel. Il regarda Iris et lui dit cette phrase que tous redoutaient d'entendre « On l'a perdue » avant de sombrer à son tour dans les ténèbres.

CHAPITRE 19

Etait-ce à cela que ressemblait l'Enfer ? Je n'avais plus aucune notion de temps ou d'espace. La seule sensation qui me restait était celle du feu qui traversait mon corps, mes os, mes veines de part en part, entrecoupé de voix qui m'étaient familières et qui semblaient m'appeler en pleurant.
Petit à petit, j'eus l'impression que le feu s'estompait, pour me laisser un répit. Mais la torture reprenait de plus belle et me laissait penser que les répits n'étaient qu'illusion et que cela ne s'arrêterait jamais. J'avais l'impression de subir le supplice de Tantale. Je ne pouvais pas subir cela pendant toute l'éternité. D'accord, je n'étais pas une sainte mais qu'avais-je pu accomplir de si horrible durant mon existence pour être punie de la sorte.
Au bout de ce qui m'avait paru une éternité, et sans signe avant-coureur, le feu qui léchait mon corps entier convergea vers mes poumons. Ce fut à ce moment précis que j'ouvris les yeux. Je dus les refermer immédiatement car la lumière était bien trop vive. Simultanément, j'entendis une foule hurler dans mes oreilles. Je tentais de me débattre mais mes poignets étaient enserrés dans des bracelets qui brulaient le moindre centimètre de peau qu'ils touchaient.
« Calme-toi ma chérie » Ces mots, bien loin de me calmer, me donnaient envie de tout déchiqueter.
- NORA ! Stop ! On t'a dit de te calmer !

A cette injonction, je me calmais instantanément. J'avais ressenti l'ordre dans mon esprit avant qu'il n'atteigne mes oreilles.

- Ca brûle, me lamentai-je.

Maintenant que je m'étais calmée, les voix m'annoncèrent qu'ils avaient baissé la lumière et que je pouvais donc ouvrir les yeux. Bien que moins intense, je vis la pièce aussi clairement que je ne l'avais jamais fait. J'étais dans une pièce inconnue. Je ne comprenais pas. J'apercevais, à quelques mètres de là, Iris, en larmes, assise dans un fauteuil qui tenait la main de Gabriel.

- Rrrrrrrhhhh !!!

Le grondement qui sortit de ma gorge me surprit moi-même.

- Votre majesté, je n'ai aucun ordre à vous donner mais je vous conseille fortement de lâcher la main de Gabriel. Son subconscient l'a reconnu comme Ame-sœur et elle n'est pas en état de faire la différence entre vous et une femme lambda.

Iris lâcha immédiatement la main de mon homme. Attendez... Iris tenait la main d'un vampire ? Je voulus parler mais je n'arrivais qu'à émettre de vagues gargouillis.

Sébastien voulut me tendre une gourde, que je m'apprêtais à vider d'un seul coup, lorsque Joris lui posa une main sur le bras.

- Sébastien... attends. Avant de lui donner à boire, il faut d'abord que nous parlions et que nous l'informons de son nouvel... état.
- Mais... la pauvre ! Regarde comme elle est assoiffée.
- Je sais. Mais, à mon avis, il vaut mieux la mettre en garde d'abord. Cela dit, si tu souhaites servir de parapluie afin de nous protéger des projections lorsqu'elle comprendra et qu'elle recrachera le contenu de la gourde, libre à toi.

- Vu comme ca, tu as totalement raison, lui répondit Sébastien en rigolant. Sans compter qu'on arrivera plus simplement à lui expliquer si elle ne peut pas poser de questions à tout bout de champs, ajouta-t'il en me jetant un regard malicieux.

Mais bon sang de bonsoir, allaient-ils me faire mijoter encore longtemps ?

- Bien, calme toi et je vais t'expliquer, me dit doucement Joris.

Je vis les autres se recroquevillaient petit à petit. Et pourquoi diable ce n'était pas Gabriel ou Iris qui prenaient la parole.

Comprenant que si je ne me calmais pas, du moins en apparence, je n'aurais aucune explication sur ce qui m'arrivait, je décidais de leur montrer ma bonne volonté en tentant de me relever. Je grimaçais lorsque mes poignets touchèrent les bracelets qui les encerclaient. Ils s'en rendirent compte et Joris m'annonça qu'il allait me les enlever, à condition que je reste calme.

Il se lança alors dans le récit de ce qui m'était arrivée après que j'aie perdu connaissance.

« Lorsque que Kornak t'a mordue, nous étions pétrifiés. Il a un pouvoir mental très fort. Cat s'est effondrée et tandis que nous avions tous les yeux rivés sur toi, personne n'a vu Cassandre. Lorsqu'elle a vu que tu subissais la même torture que son père, elle a pris un pieu qu'elle tenait caché – son traumatisme était trop récent – et a sauté dans le dos de Kornak. Sans le tuer, elle a réussi à le toucher et à le blesser. Son influence mentale a ainsi été relachée et nous avons pu nous libérer. Sébastien et Gabriel se sont chargés de le mettre hors service. Quand Regina a vu que son complice était touché est devenu comme folle. Elle a tenté de s'en prendre à Iris –calme-toi, regarde, Iris va bien- elle s'est battue en grande Reine et a, elle également, réussi à mettre Regina KO. Avant que tu ne remues de nouveau, saches qu'ils sont enfermés depuis. Pendant que le combat se poursuivait, nous avons couru à ton secours. Kornak t'avait presque vidé de ton sang. Nous n'avions qu'une seule solution pour te sauver. Je t'ai donc fait boire de mon sang. J'étais le seul à pouvoir le faire. Gabriel a pris Sébastien sous son aile il y a trois ans et Sébastien est trop jeune pour pouvoir transformer un humain. Nous n'avons le droit qu'à une transformation tous les cinquante ans. Même si Gabriel n'a pas effectivement transformé Sébastien, la magie utilisée en est très proche et il est considéré comme son créateur. N'ayant transformé personne jusqu'à présent, j'étais donc le seul à pouvoir le faire. »

Je tendis la main vers la gourde en essayant de faire comprendre avec mes yeux à Joris que j'avais bien assimilé ce qu'il m'avait fait comprendre. J'étais devenue un vampire. J'aurais tout le temps pour analyser ma nouvelle condition. Pour le moment, la seule chose qui comptait était d'éteindre l'incendie qui brûlait dans ma gorge. Il acquiesça et donna l'autorisation à Sébastien de me tendre le verre opaque dont le doux fumet me faisait saliver. Une fois le verre vidé, je remerciai du fond du cœur Joris. Je tentai de lui faire comprendre toute ma reconnaissance, sans toutefois être sûre d'y être parvenue.

- Mais... que s'est-il passé ? Combien de temps je suis restée inconsciente ?
- Et voilà... je vous avais prévenu qu'on arriverait plus à la faire taire une fois qu'elle aurait récupéré sa voix, dit Sébastien en éclatant de rire.

Je me contentai de lever le majeur dans sa direction, accompagné d'un coussin qu'il se prit en pleine tête.
- En fait, reprit Joris, ta transformation totale a pris sept jours. Pendant ce temps, il est nécessaire que tu boives le sang de ton créateur tous les jours. Iris nous a donc installé un espace ici afin que l'on puisse te faire des transfusions de mon sang quotidiennement.

Je regardais ma tante avec appréhension. Je connaissais sa peur des vampires et je craignais le regard qu'elle aurait désormais sur moi.
- Ma chérieee !!! me dit-elle en courant vers mon lit.

Je remarquais cependant son arrêt à quelques pas de moi, comme si elle avait peur de moi.
Ce n'est pas cela, me rassura immédiatement Gabriel. Nous avons beaucoup discuté avec la Reine. Elle ne te craint pas, cependant, elle sait, tout comme nous que les premiers jours en tant que vampire, il est difficile d'approcher des humains. Elle ne souhaite pas te mettre dans l'embarras en te tentant inutilement.
J'inspirais un grand bol d'air. En effet, ma tante sentait très bon mais je n'avais aucunement envie de la goûter, non merci.
- Tu m'impressionnes Nora, me dit Sébastien. Tu es déjà en capacité de te contenir. C'est une faculté extrêmement rare.

« Euh… merci. » Je ne voyais pas où se trouvait l'exploit mais comme pour le reste, je le comprendrais sûrement plus tard. Bien qu'ayant « dormi » depuis une semaine, je sentis la fatigue me tombait dessus. Les autres s'en aperçurent et décrétèrent que le reste des informations pouvaient attendre le lendemain. N'ayant plus besoin des transfusions de Joris, ce dernier annonça qu'il dormirait dans la chambre avec Sé-

bastien afin que Gabriel puisse rester avec moi.
Il vint s'allonger à mes côtés et c'est dans cet état de douce euphorie que je tombais endormie.

CHAPITRE 20

Ce furent les cris qui me réveillèrent au crépuscule suivant. Bon sang, mais qu'est-ce qu'ils avaient tous à hurler comme ça dans cette maison.

- Non, tu ne peux pas entrer Cat ! Nora dort encore et c'est d'autant plus dangereux que sa renaissance ne date que de 24 heures.
- Non ! Nora ne dort plus, leur lançai-je d'une voix glaciale. Et je ne vois pas comment je le pourrais avec le boucan que vous faites. On se croirait à l'étal d'un poissonnier.

Je vis alors Cat reculer d'un pas mais j'en compris la raison en croisant mon reflet dans le miroir. Mes yeux avaient pris une teinte incendiaire et mes cheveux ressemblaient à un nid d'oiseaux. Même Gabriel eut un léger sursaut en m'apercevant.

- Oh… bonjour ma douce, me lança-t'il avec un regard moqueur. Que dirais-tu de t'habiller puis de nous rejoindre. Un bol de café t'attendra là-haut.

J'entendis alors Cat, qui avait repris ses esprits, marmonner « s'habiller et surtout se coiffer » accompagné d'un petit ricanement. Je réussis, tout naturellement, à la surprendre en lui jetant un coussin à la tête, suivi d'un « je t'ai entendu, connasse » auquel elle me répondit qu'elle aussi elle m'aimait, avant de prendre la fuite en riant.
Cette petite scène m'avait mis du baume au cœur. Même si je savais que son meilleur ami, qui était désormais mon

Maître, était, lui aussi, un vampire, il me restait malgré tout une pointe d'appréhension quant à ma nouvelle condition. Cependant, toutes mes craintes s'envolèrent comme une pluie d'étincelles en arrivant dans la salle à manger. Ma marraine avait, une fois de plus, fait les choses en grand. Tous mes proches étaient là, même Alfred. Ils étaient rassemblés sous une bannière qui me souhaitait une « longue et heureuse renaissance ». Ils se mirent à m'applaudir et, bien évidemment, des larmes, désormais roses, jaillirent aussitôt. Gabriel accourut pour me prendre dans ses bras tandis que Cat me tendit un mouchoir. Ce fut Eric qui détendit l'atmosphère alors que tous venaient me faire un bisou ou un câlin en déclarant « Bon, je sais pas vous mais moi, j'ai les crocs ». On s'installa à table lorsque Gabriel sentit mon hésitation devant mon petit-déjeuner. Un verre de sang et un bol de café étaient devant moi et je ne savais par lequel commencer. Ses yeux faillirent sortir de leurs orbites lorsqu'il me vit transvaser le sang dans mon bol. Il fut cependant aspergé de lait lorsque Sébastien, qui se trouvait juste en face de lui, se rendit compte de ma tête après avoir bu une gorgée de ma mixture. C'était réellement immonde. Ce ne fut qu'après un long moment, où tous s'étaient bien moqués de Gabriel et moi, que Joris daigna m'apporter un nouveau bol de café en me précisant que vu que j'avais ingurgité du sang la veille, le café me serait plus nécessaire que le sang.
Le repas se déroulait dans la bonne humeur. Ce ne fut qu'à la fin que ma tante me dit que nous devions discuter sérieusement. Je fus alors surprise de voir que tous allaient participer à la réunion.
«Nous avons tous joué un rôle dans les évènements des derniers jours Eno ». Il me fit un rapide clin, me montrant par là

même que mon nouveau statut n'avait en rien altérer notre lien amical.

Ce fut Iris qui prit la parole pour me donner les informations qui m'avaient échappé le temps de ma renaissance. Elle m'annonça tout d'abord que bien que ca paraisse évident, ils avaient trouvé une explication quant à nos liens, à Sébastien, Gabriel et moi. Joris avait trouvé dans un texte très ancien de Séléné, la déesse grecque de la lune, expliquant ainsi que la déesse, qui savait tout ce qu'il se passait pour ses enfants, avait prédit l'arrivée de Nora dans leur monde. Bien que cela soit très rare, elle avait accordé des liens avec deux vampires. Gabriel allait ainsi devoir à se faire aux liens que j'avais avec Sébastien. Encore heureux qu'ils s'entendent bien mais bon, j'avais toujours dit que l'univers faisait les choses bien et qu'une explication venait toujours à un moment ou à un autre.

Ensuite, et après une légère hésitation, elle me dit que je n'étais plus Grande Conseillère. Là encore, la magie avait fait son œuvre. Bien que la nouvelle me prenne au dépourvu, je n'aurais su dire si c'était une bonne ou une mauvaise chose. Je n'avais pas bataillé pour cette responsabilité mais j'avais été prête à l'assumer.

- Mais je ne comprends pas. La charge m'est revenue. Elle était matérialisée par une boule d'énergie verte. Rassure-moi, je n'ai pas eu une autre hallucination ?

Je leur avais raconté mon ressenti pendant ma transformation. Joris m'avais alors expliqué que les flammes qui m'avait consumée, étaient le résultat du changement chimique qui s'opérait en moi. Eux-mêmes étaient présents, impuissants à soulager ma souffrance. Il m'avait confié que si l'épreuve avait été difficile pour les garçons – Sébastien,

Gabriel et lui – elle l'avait été encore plus pour ma famille. C'était leurs voix que j'entendais durant mes rares moments d'accalmie.
- Ce n'était pas une hallucination ma chérie. Tu avais bien été reconnue comme Grande Conseillère. Mais l'attaque de Kornak a tout bouleversé. La magie t'a quittée lorsque la magie vampirique est entrée en action.
- Mais alors, si je comprends bien, on retrouve une fois de plus sans Grande Conseillère, demandai-je un peu perdue.
- En fait… non. Lorsqu'elle t'a quittée, la magie s'est tournée vers la seule personne de sang royal pouvant prétendre au titre… Cassandre.

J'en restai bouche-bée jusqu'à ce que Cat me file un coup de coude dans les côtes. Je jetai un coup d'œil à ma sœur et constatai qu'elle semblait gênée. Je me répandis alors en excuses, n'ayant pas songé que bien que maudit et banni, le sang de sa mère restait fondamentalement royal.
Elle tenta alors de s'excuser de m'avoir pris ma place. Je la stoppai aussitôt.
- Tu ne m'as rien volé du tout ! Cette place, j'étais prête à l'accepter mais je ne l'ai jamais réclamée. De façon, au vu de ma nouvelle condition, je n'aurais pas pu la conserver. Et je n'oublie pas que je suis encore là, c'est grâce à vous tous mais surtout grâce à toi.

Nous allions toutes finir en larmes une fois de plus lorsqu'une Garde fit irruption dans la pièce.
- Ma reine, il y a eu un incident sur l'Île des Ténèbres.

A la mention de ce nom, tous se levèrent d'un bond. Une fois n'est pas coutume, je me sentais complètement larguée. Gabriel m'expliqua alors que l'Île des Ténèbres était le lieu de détention de Regina et Kornak. Je bondis sur mes pieds.
- Quoi ? Quel incident ? Ils se sont échappés ? Il y a des bles-

sés ? Demandai-je précipitamment.
- Non, non, Mademoiselle.

Iris leva les mains pour tenter de ramener le calme.
- Bien, Hestoria, si tu nous disais ce qui se passe.
- Oui, ma Reine. C'était l'heure du changement d'équipe. Nous avons fait comme vous nous l'aviez ordonné. Il y a avait une druidesse, une vampire ainsi que deux gardes dans chaque équipe. Les prisonniers nous ont bernés. Regina a convaincu Kornak, on ne sait comment, que s'il lui transférait ses pouvoirs, elle parviendrait à les sortir de là.
- Quoi ? Mais c'est impossible…
- En fait, il lui a apparemment donné son accord. Regina a commencé son incantation. Les druidesses ont tenté de stopper le processus mais la magie noire de Regina était plus puissante. Cependant, elle avait « omis » de préciser un détail à Kornak. En lui aspirant ses pouvoirs, elle a également aspiré toute trace de vie. Les surveillantes ont vu Kornak mourir et son corps tomber en poussière.
- Et Regina ?
- Et bien en fait, la magie noire combinée à la puissance maléfique de Kornak a crée comme une boule d'énergie qui n'avait de cesse de grossir. Les druidesses nous ont sauvé la vie. Elles ont envoyé les deux équipes sur une île à l'écart. Seule une garde a été légèrement blessée. C'est de l'Île du Tourment, vide à ce moment là, qu'elles ont vu la prison s'effondrer. D'après les druidesses, la puissance récoltée était trop élevée pour un seul réceptacle. Elles ont réuni une équipe menée par Birgit afin d'évaluer la situation. La prison est en ruines. Elles ont effectué des recherches et ont fini par retrouver le corps de Regina.
- Elle est… ? Vous en êtes sûre ?
- Certaine, votre Majesté. Les druidesses ont incinéré son corps et étant donné l'état de l'île, elles ont enfoui ses cendres dans les ruines…

FIN

EPILOGUE

3 ans aprés

Il fallait que je me dépêche. Même si c'était le jour du couronnement de ma cousine, cela n'empêcherait pas ma frangine de me taper sur les doigts si je ne lui rendais pas mon manuscrit dans les temps. Dire que j'étais anxieuse était un euphémisme. C'était la quatrième fois que je lui déposais ce manuscrit après l'avoir corrigé. Assise devant mon verre de sang, je partis malgré moi dans mes souvenirs. Que de choses s'étaient passées depuis que j'avais franchi la porte d'Alfred. Et je ne regrettais absolument aucun de ces trois dernières années. Après la mort de Regina, les évènements s'étaient déroulés tout naturellement. J'avais laissé « Double Page » à mon cousin Eric. Il était désormais secondé d'Alfred, qui avait revendu son étude. Je ne pouvais pas non plus continuer à vivre dans le sous-sol de Pemberley et Cordélia Manor revenait à Cassandre. La veille, nous avions aidé Iris à emménager à Green Hill. Ma tante avait donc fait aménager une maison, certes, plus modeste que les Manoirs mais qu'importe. C'était chez nous. Gab avait emménagé avec moi. Etant donné mon statut de bébé vampire, Joris m'avais proposé de rester près de moi. Je passais donc de longues heures avec Elena, moments que nous occupions principalement à nous moquer ou à faire tourner mes « p'tits cons » en bourrique. Bien entendu, Sébastien nous avait rejoints.

On s'était transformés en colo pour vampires. Le nom nous été apparu comme une évidence : ce serait « Bloody Bonheur ». Et lorsque le vieux Ledrac avait estimé qu'il était temps pour lui de prendre sa retraite (« *en même temps, à 670 ans, oui, il était temps...*), j'avais repris les rênes du « Sang d'Encre » tout en lui apportant quelques modifications. C'était désormais un café-librairie, envahi par les chats, et ouvert toute la journée. C'était Cornélia, une louve-garou proche de Sébastien, qui s'en occupait la journée. Et durant mon temps libre, j'étais devenue la Chroniqueuse de Joris. Après tout, un vampire maladroit qui a une licorne pour animal de compagnie, ça méritait bien un livre.
- Mon Dieu ! Le livre !

Il fallait vraiment que je me bouge pour déposer le manuscrit et récupérer Cassandre pour aller ensemble à Pemberley Manor. Cat nous avait menacées de nous transformer en meringue rose bonbon si nous étions en retard pour sa cérémonie de couronnement. Nous avions alors eu un mal de chien à lui faire accepter des tenues saumon.

Il ne me restait qu'à emporter mon discours car, bien évidemment, elle s'était fait un malin plaisir de me désigner comme témoin d'honneur. J'avais donc « l'honneur » de porter le premier toast de réussite et de félicitations.

Vous avez déjà vu une écrevisse emberlificotée dans du saumon ? Aux dires de Sébastien, ça valait le coup d'œil. Cela faisait une semaine qu'il pleurait de rire chaque fois qu'il m'apercevait.

BONUS 1
Texte special « Coronavirus » 21/03/2020

Tous rassemblés devant l'unique poste de télévision du Manoir, nous regardions, atterrés, les informations d'Autre-Monde.
"Mais c'est pas possible d'être aussi bêtes !" tempêtait Cat tandis que Nora remuait la tête de dépit.
- Je ne comprends pas ce qu'ils ont dans la tête. Ils n'ont rien compris au confinement. J'ai fermé la librairie pour protéger un maximum de personnes. Cela ne suffit pas malheureusement, les gens persistent à sortir quand même. D'ailleurs Marraine, est-ce que l'on pourrait faire quelque chose pour aider ? demanda-t'elle en se tournant vers Iris (la Reine de Libreria).
- Oui, ne t'en fais pas. Beaucoup d'opérations sont en cours pour aider à vivre sereinement Beaucoup d'auteurs proposent leurs livres en accès gratuit ou à prix réduit. Je sais que Cassandra Odonnell l s'occupe de récupérer des textes pour en faire la lecture aux enfants (1)
- Et Aurelie Venem propose d'envoyer Phoenix (2), l'interrompit Cat en souriant.
- Il propose d'aider dans quel domaine ?
- Il aidera à faire comprendre le sens du mot "confinement". Un seul regard de sa part convaincra les récalcitrants de rester chez eux au lieu de partir en week-end ou d'aller acheter leur bouteille d'alcool.
"On est volontaire pour aller l'aider" dirent Sébastien et Gabriel (3) d'une même voix. On ne sera pas de trop pour aller faire comprendre à tous ces idiots que la régle essentielle, en ces temps

difficiles est de :

RESTER CHEZ VOUS !!!

Notes de l'auteure
(1) Voici l'adresse du site de Cassandra : https://www.kilitoo.fr/
(2) : Phoenix est un vampire, héros de la saga d'Aurélie Venem / auteure : Samantha Watkins ou les Chroniques d'un quotidien extraordinaire
(3) Sébastien et Gabriel sont, eux aussi, des vampires, proches du cercle de Nora.

BONUS 2
Les Pâaques de Nora

Cela plaisait à Cat de voir les enfants courir à travers le jardin à la recherche de trésors tant convoités. Eric s'était amusé comme un petit fou à cacher les œufs tôt ce matin en arrivant d'Autre-Monde. Car même si Pâques ne revêtait pas de connotation religieuse, la connotation gourmande était, elle, bien présente. Et ce ne serait pas Nora qui s'en plaindrait. Cat avait d'ailleurs hâte d'être à ce soir. Elle ne pourrait gâter sa cousine que plus tard dans la soirée mais attendait avec impatience de voir ses réactions aux différentes surprises qu'ils lui avaient tous préparé.
Les préparatifs avaient d'ailleurs donné un beau lot de fous rires. Il avait fallu attendre qu'elle soit occupée au « Sang d'Encre » mais ca valait vraiment la peine. Pour sa première chasse aux chocolats en Libreria, il fallait marquer le coup et tous s'y étaient mis de bon cœur.
Cat se retenait de rire au souvenir de la réaction des garçons lorsqu'elle leur avait parlé de sa surprise. Elle prévoyait de cacher des œufs dans la bibliothèque.
« Si tu fais ça, tu sais très bien qu'on la perds pour la nuit » lui avait rétorqué un Gabriel horrifié. Chaque fois qu'elle venait faire des recherches à Pemberley, Gabriel et elle finissaient systématiquement par dormir dans leur suite du sous-sol. L'arracher à la bibliothèque était un véritable par-

cours du combattant.

Ils s'étaient donc mis d'accord. La surprise de Cat serait la dernière étape de la soirée et elle faisait préparer la suite Cassandra O'Donnell. Joris avait été le plus sage et l'attendrait au réveil avec un (très) gros œuf en chocolat avec son nom inscrit dessus. Gab et Seb avaient, quant à eux, parié sur qui aurait la plus grosse surprise. Et même Cat n'avait pas réussi à les départager.

Gab avait soudoyé Martha pour qu'elle lui prépare un fondant au chocolat, celui dont Nora raffolait, et dans lequel il avait caché un anneau en or, orné d'une émeraude étincelante. Non pas pour la demander en mariage, il y en avait très peu en Libreria mais simplement en déclaration d'un amour éternel.

Ils partiraient ensuite passer la soirée au « Sang d'Encre » où l'attendait la surprise de Sébastien. Il n'avait pas oublié le premier repas de Nora. Il s'était mis au travail avec Cornélia depuis plusieurs semaines afin de mettre au point une recette de sang aromatisé. Après de nombreuses tentatives – Sébastien avait joué le goûteur – ils avaient réussi à trouver les bons dosages et proposeraient à Nora un cocktail aromatisé au chocolat. Ils pourraient ensuite lui proposer un élargissement de la carte du « Sang d'Encre ». Inutile de dire que Nora allait se jeter sur les cocktails au chocolat et au café. Quant à Cassandre, elle avait fait imprimer un livre de recettes de gâteaux au chocolat de toutes sortes.

Lorsqu'elle avait parlé de leur projet à sa mère, Iris avait décrété que, grâce à leurs cadeaux, elle avait trouvé une idée pour le sien. Elle leur avait dit qu'elle lui offrirait lors de leur retour au Manoir, avant sa chasse aux œufs. Elle avait donc fait broder une demi-douzaine de mouchoirs avec son nom et des œufs décorés dessus.

Et il s'agissait sans conteste du présent qui serait le plus utile de la soirée car on savait tous que notre gourmande préférée était une vraie madeleine.

---

[i] Alexiane de Lys : Auteure de la trilogie « Les ailes d'émeraude »

[ii] Nom de la mère des chats dans le film « Les aristochats »

[iii] Nom du chat dans « Cendrillon »

[iv] Nom de la petite chatte d'Alice dans « Alice aux pays des Merveilles »

[v] Initiatrice des plus valeureux guerriers, experte en magie, dans l'art de la guerre et du sexe

[vi] Propriété fictive citée dans le roman « Orgueil et préjugés » de Jane Austen

[vii] Tirée du personnage féminin Cordelia Gray, détective privée de P.D James

[viii] Œuvre de P.D James publiée en 2012 en France

[ix] Rebecca Kean, personnage de la saga éponyme de Cassandra O'Donnell

[x] Auteure de la saga « Les vampires de Chicago »

REMERCIEMENTS

Je vais essayer de faire court pour les remerciements et, surtout de n'oublier personne.

Tout d'abord, et même s'il déteste lire, je voudrais remercier mon mari, Johnny, pour son soutien moral. Je veux également remercier mes bêtas lectrices, Mélanie et Alexandra, pour leur patience et leurs retours (même si elles m'ont souvent torturé...). Je n'oublie pas, bien entendu, mon cher Maître, Jean-Charles, pour son soutien, ni toutes les personnes qui m'ont reboosté et poussé à aller au bout de ce projet lors de mes (nombreuses) remises en question.

Et je te remercie, toi aussi, cher lecteur, d'avoir fait le voyage jusqu'en Libreria.
Et je vous dis, à tous, à bientôt pour un nouveau voyage et de nouvelles aventures.

Printed in Great Britain
by Amazon